笭菁作品 42
遊鬼簿 外傳
人魚
笭菁
著

目錄

CONTENTS

異遊鬼簿 外傳：人魚

楔子

深夜的大海，漆黑一片，除了銀白色的月光外，再無其他光亮，只聽得浪花陣陣，拍打在岸邊的聲響。

小情侶在沙灘邊卿卿我我，這兒寂靜無人煙，正是廝磨的好地點，兩個人不時的發出咯咯笑音，熱吻綿綿。

啪！一個較大的浪花聲引起了女孩的注意，她微側了首，雙眼注視著海平面。

「你有沒有聽見？」她略微不安，「有很大聲的啪！」

「嗯？」男孩哪管什麼海，他只管眼前的滑嫩肌膚。「魚吧，別管牠。」

「可是……」女孩還想說什麼，男孩立即吻上她的嘴，討厭有事情讓女孩分心。

一條巨型的魚尾倏而出現在海面，激起更大的聲響，瞬間又竄進海底。

「等……等一下啦！」女孩忍不住推開男孩，「那個聲音又來了！超大聲的！」

「嘖！」男孩不悅的輕嘖一聲，往海面看去，只見浪花陣陣。「哪有什麼東西？妳是不想跟我做啊！找一堆藉口！」

「真的有東西啦！」女孩生氣的站起身，想要往前去瞧瞧。

就在這時，那巨大的魚尾又出現在海面上！

「咦？」這一次，連男孩都看見了！

巨大的聲響傳來，女孩發現，那聲音似乎一次比一次近？而且為什麼魚這麼大，看起來好嚇人喔！

「我、我們回去好了。」女孩揪著男友的衣服，忽然覺得黑夜的沙灘太嚇人。

「妳在說什麼？搞不好我們會看見奇景！」男生心裡也有點害怕，但是魚再大也不可能上岸，他拿了相機，就往前頭去，用閃光燈四處亂照。

女孩跟過去，看著沙灘上銀光閃爍，男孩連拍了好幾張再一一檢視，隨後禁不住「啊」了一聲。

「怎樣怎樣？」女孩又害怕又好奇的湊近，小倆口檢視著照片。

照片因打了閃光燈而拍攝出不自然的海象，有沙灘、岩石，也有浪花，只是在某張照片裡，看見岩石後有個女孩子在水裡！

那的的確確是一個女孩子的樣貌，她被閃光燈嚇著似的，隻手遮著眼睛，而她的身後不遠，竟晃動著魚尾。

「該不會是美人魚吧？」男孩喜出望外的驚叫。難怪有那麼大的魚尾！

「世界上怎麼會有那種東西！」女孩不大相信，可照片裡真的是人的臉，一點兒都沒有模糊。

沙灘上小倆口圍著相機檢視。

此時，海裡露出一顆頭，稍後頸子乃至於身體，一名女孩緩緩上了岸，她的下半身是巨大的魚身，不過在觸及沙灘時，魚尾成了雙腳，讓她得以吃力的站起身。

全身赤裸的她，一步步在沙灘上走著，有些重心不穩、有些踉蹌，但是卻筆直的往小倆口的方向前進。

正看著相機的女孩嚇了一跳，眼尾餘光好像瞄到沙灘上有第三個人影。

她偷偷往男友身後瞟去，果然看見一個人站在那兒。

「哇呀——」她嚇得尖叫，兩手打翻相機，把男友的三魂七魄跟著嚇飛。

「妳幹嘛！」男孩氣急敗壞的叫著，旋即注意到沙灘上他與另一個人的影子重疊。

倏地回身，女孩背著月光，赤裸裸的站在他面前，全身還在滴水。

「妳、妳……」男孩趕緊拿出手機邊問：「妳沒事吧？」

是溺水的人嗎？

他倉皇失措的把手機冷光照向自海底爬上來的女孩。

她的確一絲不掛，只是全身已經腐爛發黑，雙眼裡塞滿水草，兩條水草自眼窩往外掛，被魚吃掉的嘴巴只看見森白的牙齒；身體皮膚呈現鱗次狀的腐化，滑黏濕潤。

「我是……」女孩幽幽的笑了，「美人魚啊……」

「哇啊——」

第一章・上岸

十月，南台灣的太陽依然毒辣，空氣中吹來窒悶的海風，有點鹹味兒，我站在船頭，後頭許多皮膚黝黑的人說著腔調很重的台語，抽菸的、嚼檳榔的都有，大家開懷大笑，跟陽光一樣晴朗。

「會暈船嗎？」男人走了過來，陪我站在船頭，甲板很小，大部分的人都坐在裡頭。

我搖了搖頭，光看著遼闊的大海就心曠神怡，哪有什麼暈船的感覺？而且東港到小琉球的海面相當平靜，完全不顛簸。

男人將我摟了過去，我溫順的依偎著，僅是雙目凝視，兩人就能會心一笑。

這是難得平靜的日子，我們之前在德國受的傷也好得差不多了，所以我跟米粒終於有時間度蜜月嘍！

「第一次旅行這麼少人。」我感嘆的說著。

「這是蜜月旅行，人當然愈少愈好！」米粒低低的笑著，聲音自他胸膛漫開，傳進我的耳裡。

以往不是員工旅遊，就是有目的性的旅遊，人再少也有基本成員，我、米粒、彤大姐跟炎亭；前三位最初是同事，後來成為出生入死的夥伴，而我跟米粒一個月前登記結婚，現在是夫妻。

彤大姐在新的工作崗位繼續發光發熱，而炎亭呢……已經不在我身邊了。

炎亭是一具木乃伊乾嬰屍，那原本是泰國養小鬼的最佳容器，通常是使用甫出生即死亡的嬰孩，將他們的屍體製成乾嬰屍，再敦請天生靈力高強的嬰靈佔據空殼乾屍，加以侍奉。

而炎亭是一具非常非常特別的乾屍，它的靈魂就存在原本的身體裡，並未移靈，而且靈力相當高強，是受人們覬覦的魔物，但卻與我有緣，認定我為主人。

一般小鬼要以血肉餵養，不過炎亭善解人意（或是其實它有更想吃的），所以從不需以血餵養，而是以「玉米片」；那傢伙超級愛吃，玉米片搭上一點點牛奶能瞬間吃得乾乾淨淨，特別喜愛巧克力口味。

因為與它的相遇，讓我了解自己的過去與前世的悲涼，我自出生起就是個情感闕如的人，沒有極致的喜、怒、悲與恐懼，連家人雙亡都沒有極度的悲痛之情；炎亭讓我尋回佚失的情感，了解到我的前世，而我也幫它進入正道輪迴。

它就像是一路陪伴我的家人，一個多月前，我們終於分離，因為它離開我，進入輪迴。

說不寂寞是騙人的，每天早上吃玉米片時，看著小小的圍兜兜跟湯匙，就不免會想到它。

「上次看見海的時候，是在巴東海灘吧？」我遙想起去年年底，南亞大海嘯五週年的忌日，我就站在那片沙灘上，與因海嘯葬身海中未能返鄉的亡靈對峙。

「這次不會有事了。」米粒搓了搓我的肩，「妳的情感尋回了，炎亭也走了，一切都會安然無事了。」

「是嗎？」連我都存疑。

「一定得是！」米粒堅定的說，「我們到目前為止的旅遊都超級不平靜的，總不會連蜜月旅行都悽慘吧！」

「呵呵……」我笑了起來，環住他的腰際。「我們一定可以平靜的度過！」

「我希望妳加上甜蜜兩個字！」

他低首，吻了我的額頭。

甲板上其他人吹起口哨，逼得我羞紅了臉，婚後的米粒愈來愈大膽，老是在大庭廣眾下做一些親暱動作，我原本以為我不在意，但面對他人的反應還是會害羞。

自東港到小琉球，船程約半小時，此刻即抵達，只見船員迅速俐落的把木板往外頭架好，走道遂成，船客們熙攘的往碼頭去；碼頭那兒有許多機車正等著歸來的家人，而米粒則是帶著我先去租摩托車。

這次我們做好旅遊計畫，挑了一間新的民宿，也查詢過島上值得遊玩的地方，我們要過一個真正的蜜月旅行，沒有人打攪、沒有鬼的干擾，只屬於我們兩個人的世界。

我拖著行李下船，空氣裡帶著濃濃海水味，碼頭邊有許多戴著斗笠的女人在賣魷魚，她們拿著竹籃，四處兜售；人潮一下子湧入也一下子散去，人們一一搭乘車子離開，碼頭頓時一空，要等到下班船來時才會再有生氣。

我在外頭等米粒辦理租車手續，環顧四周，阿姨們拿著魷魚到陰涼處休憩，然後……有個女孩突兀的站在碼頭邊，穿著跟阿姨們一樣的衣服，全副武裝的防曬打扮，長袖長褲加袖套，斗笠戴得很低，幾乎遮去她整張臉。

重點是，她在滴水。

女孩全身上下都在滴水，滴答滴答的往地上落，她手裡沒有拿任何魷魚，而是雙手自然下垂般的站在那兒。

我不動聲色，我知道自己看見什麼了，因為她一身灰暗，陽光彷彿曬不到她的身子。

女孩似乎也捕捉到我的眼光，咧嘴而笑。

「移開目光。」米粒的聲音冷靜的自後頭傳來，我自然的回首，彷彿剛剛根本沒看見她似的。

「大海總是不太平靜。」米粒攬過我，「我們可別再扯上些有的沒的。」

「嗯！」我第一次百分之百同意，無阻礙與危險的蜜月假期，千萬不要再橫生枝節了。

跨上摩托車，我們先找地方把油加滿，選擇的民宿是藍與白的純粹希臘風情館，彌補一下我們沒在國外好好度假的癮；到小琉球來玩的人還不少，都是青年學子，摩托車頻頻在身邊呼嘯而過。

騎上了山路，不一會兒就到了民宿。面海的海景住屋，加上藍白色的希臘建築，叫人心曠神怡，而且浪漫滿點；米粒預訂的是雙人套房，其實所費不貲，不過非假日入住節省了不少費用。

之前在國外的花費實在太兇了，我的積蓄所剩無幾，而米粒呢……咳，不愧是兼職模特兒，雖然結婚了，我也尚未清楚他的財務狀況，總之，非常過得去就是了！

房間還算寬敞，房裡是粉紅色調，大床在中央，柔軟舒適；裝飾兼具希臘風情，還有可愛小熊，靠窗的地方有張舒適的躺椅，躺在那兒就可以瞧見窗外的大片海景。

打開天藍框的門就是陽台，雪白的牆搭上藍色的欄杆，陽台上也有兩張木製躺椅，可以盡情的躺在那兒悠閒度日，聽海浪拍擊岸邊的聲音；而最精緻的是隔開每個陽台的牆，是拱門形狀，只要站在原地往其他房間看，就成了一條藍白相間的拱道！

我打開窗戶，海風吹拂而至，接下來幾天都可以這樣望著海，真是太悠閒了！

「喜歡嗎？」身後的男人走來，輕輕環住我。

「非常喜歡。」我仰起頭，這是屬於我們的世界，我嬌媚的索吻。

米粒泛出俊美的微笑，輕柔的撫摸著我的臉龐，將他的唇湊近……

啪！

我們不約而同顫了一下身子，表示彼此都聽見不尋常的巨響。

「什麼聲音？」我不由得往窗外看去，豔陽下的白浪滔滔，但沒有大浪，怎麼會有如此大的海浪拍打聲？

「海那邊傳過來的……」米粒定神瞧著，表情有點不悅，因為我們的吻被打斷了！

我們兩個跟呆子一樣，專注於海平面好一會兒，卻再也沒聽見那巨大的拍打聲，可是我們確定誰也沒聽錯，那的確像是大浪擊向海岸、或是大魚甩尾的聲音。

米粒無奈的先離開窗邊，稍微整理行李，我也把易皺的衣服拿出來吊掛，不經意發現我們的門縫下，有一抹黑影。

有個人站在我們房門口，半晌都不動，就像是在偷聽！

我立即跑到米粒身邊，扯扯他的衣袖，讓他也往門縫下看；他要我假裝沒事的繼續聊天，而他則趴在地上，確定是否有人躲在我們門外偷聽。

「我們等會兒要先去玩？」

「嗯！先去島上晃晃好了。」米粒對我點點頭，果然有人。

他比了一個噓，躡手躡腳的暗自走到門邊，我則繼續高談闊論關於島上的景點——米粒猛然把門拉開。

我就站在跟門筆直的方向，他拉開門時，我卻什麼都沒瞧見。

我趕緊奔上前去，米粒則蹲下身子，專注的望著我們房門外的那一灘水：腥臭、還帶著海草，甚至有些軟殼動物也在那灘水當中。

米粒緩緩的往左方看去，有人沾著水的足跡，一步步往走廊的左方前去。

「跟來的？」我皺起眉，很難忘記港口見過的女孩。

「應該是。」米粒凝重的踏到外頭去，「不過她每個房間都有停留。」

站在走廊上，可以看見整條走廊上的房門口都有相同的死水，帶著海草跟沙子，以及蔓延的腳印。

「看來是在找人。」米粒輕嘖了聲，往我們的房裡看，這讓我不由得也往裡看去，難道當我們開門的那一剎那，女孩也跟進來了嗎？

「在裡面嗎？」

「我看不見，等會兒我淨化一下。」米粒無奈的搔了搔頸子，「麻煩妳去叫服務生把走廊清掃一下吧！」

「好，我順便去拿地圖！」我嘆了口氣，才剛抵達又遇到奇怪的亡靈，實在很難叫人愉快。

不過這次應該跟我們沒有關係吧？那亡靈是跟著我們來的嗎？在找誰呢？一個人在港口孤單徘徊，為什麼偏偏選了我們跟上？

米粒一個人進房處理，他一直有在做簡單的修行，不過天生的靈感力並沒有我高，然而過往的經歷，讓他多少修習了一些基本技巧以自保，所以他會誦經文、會迴向，也有一些具有力量的護身符。

出國更別說了，該有的東西一應俱全，幾乎都是他一位好友給他的，所以當他在淨化房間時，我還是別打攪的好！

走到櫃檯去請服務人員打掃走廊時，老闆一臉困惑，我也不需明說狀況，因為那不是我能解釋的，接著再跟老闆拿了地圖。

「等一下可以先去花瓶岩晃晃啊！」老闆親切的說著，「我們這裡有很多觀光點呢！」

「我知道，我們是買含套票的船票過來的。」所謂的套票，是包含來回東港跟小琉球的船票、民宿費，還有景點門票，全部包在裡面，能省很多麻煩。

此時外頭一陣喧鬧，幾輛摩托車騎了進來，都是莘莘學子。

「好熱喔！」一個穿著非常清涼的女孩子跳下摩托車，她真的只穿了一件比基尼上衣加超短短褲，她這樣還熱，我也不知道她還能再脫什麼了。

「妳穿這樣還叫熱喔！應該要加襯衫，真的比較不會那麼曬！」另一個女孩也穿得滿辣的，上衣是細肩帶小可愛，可是她披了一件襯衫。「妳看都曬紅了。」

我留意到她們都沒有帶行李，那就是已經入住的房客了。

「我看等一下去買啤酒好了，順便買一些冰回來放，晚上比較有得吃！」載著比基尼妹的男孩也下了車，他有著非常醒目的金色雞冠頭，滿臉曬得通紅。

接著他們一窩蜂的跑到櫃檯領鑰匙，老闆趁機問他們要不要點餐；少數民宿才有供餐，通常都是到外面買回來吃，或是老闆會幫忙代點。

「安小姐，你們要不要先點餐啊？」老闆也親切的問我。

「呃……我們可能會到外面吃。」跟米粒說好了，要先去島上晃晃。

「咦？」我身邊的比基尼妹摘下墨鏡打量我，「蜜月套房的客人嗎？」

她餘音未落，呼叫聲跟口哨聲四起，驚擾得我滿臉通紅！我不習慣被注視，我一直是喜歡低調生活的人。

老闆趕緊要他們安靜點，尷尬的對我笑笑。

「對不起喔，他們昨天來的，跟你們同樓層，本來看你們那間空著就想換房間，我跟他們說了蜜月套房已經有人預約了，所以……」老闆滿是歉意，「我沒想到他們會這樣啦！」

「妳跟妳男朋友還是老公啊？」比基尼妹好奇的打量我，忽然抓起我的手，「喔喔，戒指！是新婚耶！」

「哇！好甜蜜喔！」男生擠了過來，大家爭先恐後的抓過我的手。「真的是戒指耶！」

「這鑽石多大啊？三十分還是十分？」細肩帶妹瞇起眼觀察我的鑽石。「你們是一結婚就來度蜜月嗎？還是故意等到淡季啊？」

面對眾人的七嘴八舌，我完全不想應付，這些人的磁場好強烈，擾得我渾身不對勁！

我想離開，現在就想走！

「對不起。」我抽回手，表情稱不上好看的準備離開。

「這邊在做什麼？」米粒的聲音自不遠處傳來，我聽見他的聲音就大感不妙！果不其然，一票人轉頭望向他時，女孩子都發出了「哇」的讚嘆聲！

「好帥喔！」比基尼妹轉過來看著我，「他是妳老公？」

唉……我能說什麼呢？米粒原本就是兼職模特兒了，長得當然不差，而且他現在又赤裸著上身，只穿一條熱褲，那拍月曆的健美身材展露無遺，我暗自往櫃檯深處靠，他自己負責控制等一下的狀況。

沒幾秒鐘，米粒就被少女們團團包圍，眾人你一言我一語的搞得櫃檯大廳都有回音，老闆只是拚命尷尬的陪笑，說這群肖年仔很活潑啦，也沒有惡意，就是很奔放的一群人。

是啊，活潑開朗不是壞事，不過沒考慮到他人感受與立場，也是現在年輕一輩所嚴重欠缺的意識。

不是自己覺得High，別人也應該要一起High；自己覺得有趣的事，別人就該也覺得有趣；本位主義的思考模式，地球永遠繞著他們轉。

只有角落一名正在閒步的女生沒有湊過去，她穿著天藍色的上衣，雪白的短褲，跟希臘風民宿同樣的色調。

「你們可以走開嗎？」米粒的耐性也到極限，低吼出聲。「安！」

我悠哉悠哉的走了過去，學生們都圓了雙眼，氣氛陷入尷尬。

「妳跟他們認識？」他擰著眉，表情比我還難看。

「不認識，但他們跟我們住同一層樓。」我凝視著他，他立即領會。

同一層樓，那個亡靈就在我們這層樓徘徊。

他聞言又深吸了一口氣，摟著我扭頭就走，完全不想跟這群興奮過度的學生扯上關係；我當然知道他在想什麼，如果亡靈真的在找他們其中一個，我們得想辦法避開才行。

「應該不至於這麼瞎，誰都扯進恩怨裡。」米粒喃喃說著，「我覺得對方倒沒有什麼邪意。」

「那就好。」我泰然一笑，「房間OK了嗎？」

「它進來過，又從妳開的窗戶出去了。」

我們愉快的回到自己的房間，服務生正狐疑的擦著走廊上的水漬，那是一個阿桑，她邊打掃邊碎碎唸著，一隻手緊握著佛珠。

我用眼尾餘光瞥著阿桑，她臉色凝重，好像也知道那灘水不尋常。

冤有頭債有主，請確定妳要找的人，不要將外人牽扯其中。我在心裡默唸著，尤其剛剛那票學生有八個人，如果只是要找其中一位，就不該殃及池魚。

回到房裡，我跟米粒把防曬好好補上，換上簡單的衣服、戴上帽子，稍微瀏覽一下小琉球的地圖，便甜甜蜜蜜的出發了。

「那個……對不起。」

門才剛關上，我們隔壁房探出一個女孩，是比基尼妹。

米粒完全沒給好臉色，逕自掠過她往樓下走去，我則輕輕微笑，緩步的走到她面前。

「剛剛我們好像玩得太過火了，妳不要生氣喔！」她眨了眨貼著假睫毛的大眼睛，「我們瘋起來都這樣，不好意思。」

「嗯。」我輕輕頷首，「或許下次能先想到這一層會比較好。」

她吐了吐舌，「歹勢！啊你們現在要去玩喔！要帶水喔！外面超熱的！」

「謝謝。」我搖了搖手上拿著的礦泉水瓶。

「哈……」她尷尬的笑了笑，「對了，我叫小可，我們就住隔壁，接下來幾天是鄰居喔！說不定可以一起去玩！」

我望著她伸出的手，我們沒有意願跟他們一起去玩，不過面對別人客氣禮貌的動作，我不回應就顯得我粗魯了。

「我叫安。」我簡單的輕握了一下。「我該走了，他在等我。」

「噢噢！」關上門前，小可眨了眨眼。「妳老公超帥的！」

我難掩些許自豪的笑笑，往前走時跟她說了再見。

只是在她掩上門的瞬間，我在她身後看見了那個女孩！

她就站在窗戶邊，跟小可的背後形成一直線，灰色的身影在陽光下異常顯眼，就像一幅黃色調的油畫裡，一抹不搭的灰色油彩！

我看著門在我面前掩上，卻說不出話，也不知道自己該做什麼！

「安？」米粒站在樓梯下，狐疑的喚著我。

應該……沒事吧？我只能這樣想，如果樣樣都要管，天下事管不完的。

我深吸了一口氣，對著樓下的米粒搖搖頭，快步的走了下去。

※　※　※

我跟米粒的第一站自然是小琉球最有名的花瓶岩，我們走下一段坡路才能抵達海邊；米粒充當攝影師幫我拍了好多張照片，天氣晴朗拍出來的照片煞是好看！花瓶岩位在海中，形狀相當特別，岩頂無土卻生有奇花異草，終年不凋，相當特殊，一旁還有木橋，不管哪個角度拍都相當美麗。

浮潛跟釣魚客也都在那兒出沒，我們還請人幫我們倆拍了合照，看著數位相機裡的照片，我不由得想起我跟米粒幾乎沒有什麼旅遊合照。

「我們都沒時間照相吧？」他很認真的回想著，光是躲避鬼魅的追殺都來不及了，哪有閒工夫照相？

我們相視而笑，下午四點了，太陽依然毒辣，我們瞬間就喝完一瓶水，準備再去便利商店買水喝；木橋坡頂上有許多阿姨們在賣冰、賣玉米，她們親切的吆喝，攤子邊圍了一大群人。

米粒問我想不想吃叭噗，雖然那不能解渴，不過倒是挺有意思的，我點了點頭，他往上跑去排隊，而我有人伺候著，慢慢走就可以了！

不經意回首望向燦爛的花瓶岩，卻看到有個熟悉又陌生的身影蹲踞在一旁。

我看過那件衣服，天藍色的上衣，雪白的短褲，跟我們住的民宿一樣的色調，在櫃檯時曾經瞥過一眼。

戴著鴨舌帽的女孩蹲在花瓶岩附近撿東西，一旁還有個小盒子盛裝她拾來的物品；我忍不住往前探看，實在因為這兒都是碎石沙灘，我瞧不見細緻的白沙，也沒有太特別的貝殼，她到底在拾撿些什麼？

而且我以為那票學生應該已經在房間呼呼大睡才對，她怎麼還會隻身跑出來？

我一湊近，大概影子引起她的注意，女孩抬起頭瞥了我一眼。

「嗨！」這下子尷尬的反而是我了。「對不起，我只是……」

「我在民宿看過妳。」女孩聲音很輕，只瞥了我一眼就繼續拾撿。

「咦？妳也有印象？我剛還在想是不是在哪裡看過妳呢！」我視線移到她的盒子，那裡面裝著細屑，我瞧不見什麼特別的貝殼。「妳在撿……什麼貝殼嗎？」

「不是。」我看她一把將沙子抓起，攤開手掌，很仔細的挑著裡面的東西。她最後從掌心裡拿起一個黑色的物體，瞇起一隻眼察看，再把它放進盒子裡。

「妳看不出來嗎？」她拿起盒子大方的遞給我，「小心，別灑了喔！」

我感謝她的慷慨，所以接過方盒，裡面是大小不一的東西，像是結晶體、又像是石子，多半是黑色，但仔細瞧，黑色裡或帶著金沙、或帶著白色；最重要的是，我捧著盒子時，盒底有一股涼意穿透我的掌心。

「這什麼東西？」冰淇淋自我身後遞上，米粒的聲調帶著一種緊繃。

「咦？她……我在櫃檯看過她，好像是那票學生的一員。」我趕緊解釋，「她在撿這個……你看得出這是什麼嗎？」

米粒只睨了盒子一眼，以指尖捏著邊緣，看了兩秒就立刻把盒子放回女孩身邊，動作快到有點像是扔的！

「喂！別灑了！」女孩趕緊穩住盒子，有點生氣的瞪著米粒。「要是打翻怎麼辦！」

「這是什麼？妳在收集什麼東西？」米粒口吻一點兒都不客氣。

女孩拍拍雙掌，將灰塵拍盡，掌心裡因為貝殼與石子有些刮傷，但是她不以為意的站起身，認真的看著我們兩個。

「你們應該有感覺吧？」她幽幽的望著盒子裡的東西笑，「這是『死意』啊。」

死意？我一時聽不清楚，不太了解她在說什麼？

「死亡的意圖、已死的怨念，或是不想死的掙扎，也可能是咒他人死亡的意念，通稱死意。」她說得頭頭是道，「人的意念在大海裡漂浮沉澱，附在這些無辜的石子上頭，或成了結晶，散布在大海中。」

這就是為什麼只是透過盒子，我就覺得冰冷，而且連心都沉了下去嗎？

「妳撿這個做什麼？」米粒盯著她問。

「少一份死意不好嗎？」她露出一抹淒苦的笑容，「對人家都好。」

她從背包裡拿出盒蓋，好整以暇的蓋上，確定蓋緊後再把盒子放進包包裡；我仔細打量著她，她有張鵝蛋臉，飄逸的黑色長髮，帶著神秘感的雙眼，其實是個很娟秀的女生，淺笑時有份古典美。

但是，行徑頗令人費解啊！

「我該回去了！」她伸了伸懶腰，「你們沒事也早點回去吧，天要黑了。」

米粒牽著我的手，不發一語的帶著我往上走，我現在吃著叭噗，不知道為什麼覺得索然無味了！

這個女孩比任何東西，甚至另一個亡靈都還讓我覺得奇怪。

「我怎麼沒印象有看過她？」米粒低聲跟我說著。

「你那時被團團包圍，怎麼看得見她啦！」我笑了起來。

「她也知道我們？」這才是米粒的重點。

「我知道啊！」沒等我回答，女孩逕自接了口。「看一眼就很難忘記的。」

我跟米粒面面相覷，我指了指他。「她應該說的是你。」

那時在櫃檯吵成那樣，想不記得米粒都很難。

「你們那一票，不是還有其他好幾個人嗎？」女孩跨上機車，戴上安全帽，幽然的回眸一笑。「死神跟著呢！」

咦？我跟米粒不由得停下腳步，她剛剛說什麼？

我們這一票？所以她跟小可他們並不是一夥的？對了，我記得她是最後才停好車子的，自己一輛機車，然後走進櫃檯等著拿鑰匙。

不對！重點是最後一句，什麼叫做死神跟著呢！

第二章・尋覓

女孩嚴重的打擾了我們的玩興，一路上我們都沉默不語，最讓人厭惡的是女孩不是惡作劇，我跟米粒都能感受到那盒子裡的不起眼石子，其實帶有多強大的負面情感。

我們抵達小琉球最熱鬧的街道，買了有名的香腸、吃了海鮮，明明都是美食，卻讓人提不起勁，最後我跟米粒兩個人待在冰果室裡，一口一口吃著冰，想著該怎麼把那討厭的感覺撇掉。

「真令人不快！」米粒摔下湯匙，「一整個火大！」

「好啦！也別氣了，睡一覺明天起來就好了。」我只能消極的這樣想。

米粒瞥了我一眼，彷彿我說的是不可能的任務似的。

「她看得見死神嗎？」米粒托著腮，「應該不是跟著我們，是跟著那票學生吧？」

「肯定是。」我當然是這樣回答，那時大家都聚在一起，該怎麼肯定跟著誰呢？

「我總有不好的預感。」他低喃著，手指不停敲著桌面。

「這句話應該總是我來說吧？我的預感比你準喔！」我握住他的手，「我的預感是安然無事。」

米粒瞅著我，無奈的笑了笑，事到如今我們也只能這樣想。

於是我們決意換換心情，先去唯一的便利商店買了啤酒跟零食，然後騎車去兜風，夜晚的風挺涼爽的，沒有了太陽溫度就變得相當的舒爽；米粒問了當地人關於廟的事情，小琉球人靠海為生，信仰相當虔誠，也有三年一次迎王船活動，島上的廟更是不勝枚舉！

一萬多人口的島上，竟然有七、八十間廟，也算是小琉球的特色，而且一間三千萬以上的廟宇更不在少數，可見這兒的收入高得驚人！不過，聽說貧富差距也相當大，有錢的人買船可是用現金購買，但窮苦的亦多有。

在外跑船的成立了船公司，捐個幾百萬回來興廟保佑家鄉，也不是什麼難事。

因為廟宇實在眾多，所以米粒問了最靈驗也是最具代表性的廟宇——碧雲寺。

米粒說小琉球是個珊瑚島，自古以來就是由這兒的神明庇佑，所以我們先去那

兒誠心拜拜，也算有個保佑；拜拜之後，心頭的陰霾頓時一掃而空，我無法形容那種感覺，但我確定這是個充滿正向靈力的磁場。

米粒下車時，也輕闔上雙眼，感受著吹來的風，我從他嘴角勾起的微笑得知，他有跟我一樣的想法。

剛剛那種沉重與不快，頓時消失無蹤，四方彷彿有靈氣自四肢與頭頂灌入，通

體舒暢不說，四肢百骸都隱約有股氣在竄動。

「磁場好強的地方。」米粒睜眼，定定的望著廟宇。「真不愧是島上的信仰中心。」

這座廟堪稱古蹟，現時已翻修過數次，但牆上的雕刻依然存在，我們由廟的左側脫鞋進入，裡面有幾位善男信女正在祈禱；門口雕刻著威武的龍，裡頭供奉著觀世音菩薩，我跟米粒也虔誠的拈香跪地。

閉上雙眼，我只聽見信徒的默禱音，四周靜了下來，我聽見有人在身邊走動，雙肩被輕輕的碰觸。

「安。」米粒低聲喚我，我趕緊睜開雙眼，我四周並沒有其他人。

我們誠心的祭拜一圈，默求的不外是平安無事，接著從門的右側而出，門邊刻有老虎，龍進虎出，意謂逃出虎口。

對著天公爐再拜了兩拜，我們將香插入爐中。

只是當香插入爐中時，我看見我們的香頂竄出紅光，須臾之間熄滅，而且應聲斷成兩截！

再笨我也知道這是不好的徵兆！

我轉頭看向米粒，他沒說話，只去捐了點香油錢，然後進去跟廟祝攀談幾句，我在廟外等他，幾次都望著天公爐裡的香，真的只有我跟米粒的香斷成兩截。

「久等了！」米粒終於出了廟門，手裡拿著香灰包。「我幫妳戴上。」

我低下頸子，讓米粒將裹有香灰的護身符戴在頸子上，天曉得我身上已經有幾個平安符了。

「你去求的？」

「嗯，妳要戴好，現在觀音媽的保佑比什麼都有用。」米粒把香灰符塞進衣內，往一旁的樓梯看去。「這下面有竹林步道，要不要去逛逛！」

若是平常時候，黑夜裡的陌生地方我都會搖頭，但這是在神明腳下，我完全不擔心。

所以我跟米粒往樓梯下走去，那兒果然已經開發完善，有相當雅致的竹林木棧道，夜晚打上許多光線，幾步便有涼亭，感覺詩情畫意，重點是只有我們兩個人，氣氛簡直浪漫滿分。

現在的我們是整天下來最放鬆的時刻，在步道裡聊天依偎，坐在涼亭裡閒談，幾乎是捨不得離開那麼美的地方；白天來勢必有另一番風情，所以我們也決定隔日再來，白天也比較好拍照。

經過寺廟的洗禮，身心都輕鬆許多，當我們踏上返程時，兩個人有說有笑，只是一回到民宿，就看見外頭聚集了一大堆人，還有閃爍的車燈，讓我們的擔憂再次湧現。

「什麼都別問也別看。」米粒低聲交代著，逕自拉著我往裡頭走，穿過人群。我當然不隨處亂看，我知道夜晚時有什麼東西會混在人群當中，米粒到櫃檯想拿鑰匙，那裡卻聚了一堆人，大家正議論紛紛。

「會到哪裡去了？小琉球才多大？他們都沒有跟你們聯絡說要去哪裡嗎？」老闆正愁雲慘霧的說著。

「沒有啊！而且連手機都沒帶！」女孩子哭著回答，我不由得想起小可跟她房間裡的亡靈。

聽起來是有人失蹤了。

「鑰匙。」米粒站在櫃檯，對一切視若無睹，對著老闆高喊。

一旁的警察注意到他，打量了一番。老闆趕緊解釋說我們也是房客，「剛好」就住在失蹤者的隔壁。

真的是小可？我倒抽了一口氣，突然覺得自己不該放任那亡靈……

「安！」一個女孩衝了過來，「你們沒事吧？簡直嚇死人了！」

米粒一個箭步上前把我護到身後，用冰冷的眼神望著小可，彷彿她是什麼災星似的。

「我們沒事……」我隔著米粒跟小可對話，「怎麼了嗎？」

聽她的語氣，好像失蹤的是我們。

「小冰他們不見了！我們有跟警察說你們跟我們不同掛啦！所以小冰他們並不是跟你們一起出去！」小可說得很焦急，「你們好晚回來喔，害我也以為你們……」

「你們有看見那兩個人嗎？」警察上前詢問。

「看過也不記得，我們並不認識他們。」米粒說的是實話，要我認也只認得衣服，但我根本沒留意。

現在，我只認得……站在我一點鐘方向，站在白柱邊，那個拾撿「死意」的女孩！

她已經換過衣服了，一旁站著的應該是她的朋友，兩個人拿著可樂往我們這兒瞧。

「好吧，如果有想到什麼，記得跟我們說。」

米粒看了看手錶，有點狐疑。「他們說不定是自己跑出去玩，也才幾個小時，為什麼認定他們失蹤？」

他倒不是認為小題大作，而是現在連十一點都還沒過，年輕人不是都愛夜遊或是到處晃嗎？小可他們都是一對一對的，搞不好是跑哪兒去談情說愛了也不一定。

幾個警察面面相覷，交換了為難的眼神，我搖搖米粒的手，勢必有什麼事是讓他們確定學生出事了。

「小冰不可能什麼都沒說就跑出去的！再怎樣季安也一定會交代！」小可嗚咽的哭了起來，「兩個人連手機都沒帶……不可能不可能！」

米粒拉了我往房間的方向走去，我不由得回首看著櫃檯那兒聚集的人們，氣氛非常嚴肅，連燈光都因為負面的情緒而顯得晦暗。

走到我們房間那棟時，果然有幾名警察在第三間那兒來回走動，米粒緊拉著我往上走，樓梯旁第一間是小可的房間，第二間是我們，第三間才是失蹤的小冰。

階梯以碎石子鋪成，老闆還精心用了貝殼布置，我踩著樓梯，卻感覺到有些濕滑，像是上頭有水……一滴一滴，落在階梯上。

走上走廊時燈光大亮，我們可以清楚的看見水漬蔓延。

眼神。

「我想去看看。」我低聲跟米粒說，他回頭望著我，露出個「拿妳沒辦法」的

於是我們掠過自家房門口，走到了大門敞開的第三間房間。

看起來相當和善。

「我們是住隔壁的，來關心一下有沒有什麼需要幫忙的。」米粒露出職業笑容，

的水。

「啊？你們跟他們熟嗎？」警察問著，有另一名警察走了出來，不停甩著腳底

積水。

「不認識。」米粒望著走出來的警察，再往裡頭望去，發現房間地板上有大量

「房間怎麼了？漏水嗎？」

「誰知道……」警察個個緊皺著眉，「那怎麼看都是海水啊，浴室裡全部都是水草……」

我偷偷往裡再瞄了眼，整間房間跟打過仗一樣混亂，東西四散，皮包跟手機都在地上，像是有人在這兒打架似的，房裡瀰漫著一股海味，的確就是海草的味道。

就因為這景象不尋常，所以警方才認定是出事了嗎？

而且如果真的是打架，發出那麼大的聲響，卻沒有人聽見，那也太匪夷所思了。

米粒帶著我往房間走，我們兩個心裡想著的是一樣的問題：我們的房裡，該不會又有些什麼吧？

米粒輕敲了敲房門，低聲唸了句：打擾了，然後才開房門而入。

一開房門，強勁的風吹了過來，漆黑的房裡飄揚著白色的窗簾，窗邊的白色簾子狂亂飛舞，我們兩個人傻站在房門口，半晌說不出話來。

我們離開時，特地把門窗關緊了！

「怎麼了嗎？」左方的警察覺得奇怪，開口喊了。

「啊……沒事沒事！」我陪著笑臉，跟米粒硬著頭皮往房間裡走。

米粒把燈全打開後，我們緩緩關上門，窗戶根本全數被打開，飛動的白色簾子乍看還真有種鬼影飄忽的感覺。

「真是的……」米粒低咒著，逕自脫了鞋就往裡頭走，接著用力把窗子關上。「東西都被吹得亂七八糟。」

我跟上前，掠過浴室時，覺得眼尾餘光似乎瞟到了什麼。

彷彿有個人影就站在浴室裡，直直的面向外頭……僅僅只是一瞬間，但我不動聲色的繼續往前走，裝作沒事的樣子。

「為什麼要開窗？」我對這點倒是好奇。

「天曉得。」米粒嘆了口氣，眼神往浴室瞟了瞟，意思是說：妳有看見嗎？

我點了點頭，米粒果然也注意到了。

他擰起眉，看起來相當不悅，剛剛在碧雲寺的舒暢感頓時消失，現在瀰漫在我們房裡的只有沉重。

「我可不想好好的蜜月搞成這樣。」米粒喃喃說著，忽然轉身，往自己的行李走去。

他拿出一對蠟燭，接著要我把身上的其中一個平安符拿下來，緊綑在手上，隨後他點燃了那對蠟燭，擱在跟浴室門口呈九十度角的地方，與我們的窗子面對面。

然後我跟他就站在窗邊，直到米粒把燈全數關上。

「出來。」他低聲說著，「我們看得見妳，有什麼事嗎？」

今晚只有月光。

我們的窗外是海灘，只有高掛的月光為我們照明，滴答滴答的水聲忽然清晰起來，有個人影就這麼緩步的踏出我們的浴室。

的確是那個女孩，走出後轉向我們，腳前就是蠟燭。

她身上滴下的水愈來愈多，淹過了蠟燭，低垂著臉的她，並沒有戴上斗笠。藉由燭光，我們可以看見她身上的衣服已經被水腐化，這是一具浮水屍。

『是你嗎……』聲音，幽幽的傳來。

「不是。」米粒連她在問什麼都懶得問，直接回絕。

『不是你？』她看起來有點疑惑，『是誰……』

「不知道，不是我們。」米粒定定的望著她，「妳找錯人，走錯房間了！」

『我……』她抬起頭，臉上腐爛得相當嚴重，眼窩只掛著兩條水草，眼珠子早已被吃掉。

浮水屍我看多了，當初在巴東海灘時，再噁爛的我都看過。

她想說些什麼，腳往前一跨，卻突然被那對蠟燭擋住似的，無法再前進！她詫異的低首望著，然後抬起頭時，惡狠狠的齜牙咧嘴。

『你擋住我的路了！』

「門在妳後面，出去。」米粒用堅定的語氣，只差沒叫她滾。

『我只能往前走啊。啊……我沒有退路了！』她尖聲嘶吼，聲音成為一種尖聲的吶喊，拚命的往前撞。『滾開！』

電光石火間，我們的燭火猛地熄滅！

而黑暗中的影子，冷不防的朝著我們衝過來，那可怕空洞的五官，張大了嘴對著我咆哮——

「米粒！」我大叫著，伸出綑著平安符的右手往前擋去。

我聽見有東西往後撞上衣櫃，那亡靈被什麼反彈出去，身邊傳來開窗的聲音，米粒將我向後推了一步。

「滾出去！我們不是妳要找的人！」

『我好不容易得到雙腳……上了岸……』女孩的聲音從黑暗中幽幽傳來，我看著她模糊的身影搖搖欲墜的爬起。『我的王子呢？』

這是耳熟能詳的童話故事吧？美、美人魚？

『我的王子呢——』一陣風自我耳邊掠過，我看見一抹黑影衝出窗外，然後米粒砰的把窗子關上。

我們在黑暗中互望著，心跳不已，緊接著外頭傳來巨大的「啪」一聲，讓我們倏地往外頭看去。

海浪裡，有一條巨大的魚尾一閃而逝。

「美人魚？」我不可思議的喊著，這根本是不可能的事吧？

「從海底回來的嗎？」米粒搖了搖頭，「我們可以再倒楣一點……」

才稍稍剛安下心，門外忽然傳來連續不斷的聲響，有人拚命的敲著我們的門。

砰——砰——

「喂！裡面怎麼了！開門！」警察在外頭大吼著，「快點開門！有沒有人聽見！」

呃，該不會剛剛亡靈摔上衣櫃的聲音，也讓他們聽見了吧？

「該怎麼解釋！」我咕噥著，往前走去。

「就說我們太激烈了。」米粒朝著我眨了眼。

「夠了！」我失聲而笑，往前走沒兩步，卻腳底一打滑，整個人狠狠的摔了個四腳朝天。「哇呀——」

「安！」米粒驚慌的立即打開燈，而門也砰的一聲直接被撞開了。

房間裡燈光大亮，門口站著緊張兮兮的警察，我摔在一大灘腥臭的水灘裡，水草與貝殼四散，我們房間好像剛被海水灌溉過。

「安！」米粒滑到我身邊，緊張的將我扶坐起來。「有沒有摔傷？」

我一時疼得連坐都坐不直，這一摔的確很慘，屁股直接著地，脊椎重挫，要說不疼那是騙人的。

兩名警察神色凝重的望著我們，他們一反剛剛的英勇姿態，並沒有走進來，反而是臉色蒼白的後退。

「怎麼又這樣？又是水草？」

「跟隔壁的一樣啊……不過這兩個沒事！」

「一定有什麼在作怪……阿娘喂，快點去廟裡請示一下！」

我們這兒引起了不小的騷動，我聽見一堆人衝上樓的聲音，不一會兒我們門口就擠滿了人，大家不停問發生什麼事了，等看清楚我們房裡的情況，頓時沒有人敢走進來。

我被米粒抱了起來，手上黏著幾顆碎石子，好像剛從海底爬出來一樣。

「啊！別動！」

第一個踏進我們房裡的，是下午在花瓶岩見過的那個女孩。

只見她禮貌的脫下鞋子，小心翼翼的走了進來，然後謹慎的捧起我的手，拿出隨身的小小鑷子，將黏在我手上的小石子夾起。

「死意……」她泛出喜悅的笑容，低首望著一地的海水。「啊啊，好多死意喔！」

我跟米粒不由得腳底發涼，不約而同的望著在水灘裡的黑色結晶，我們第一次覺得，石頭還是單純只是石頭就好。

「啊啊！是怎麼回事！」老闆撥開人群衝了進來，「唔！又是、又是水草！」

「你們剛剛帶水草進來嗎？」站在小可身邊的男孩發問，「小冰他們房間也都是這些東西！」

「說了你們也不會信，閃開！」米粒抱著我，就往浴室走去。

他把我往浴缸裡放，然後轉身向外趕人。

「出去出去，我們沒事！」米粒大聲喊著，「老闆，請幫我們把這裡清掃一下！」

「啊？」老闆竟然面有難色，「可是、可是阿雀姨她……」

「這是客人的權益。」米粒也不管他啊什麼，連拖帶拉的把大家都往外趕，然後回身。「喂，妳撿夠了沒！」

我呆坐在浴缸裡，終於聽見那女孩清揚的聲音。「好了！謝謝！」

她愉悅的往門口走去，我看見掠過門口的她，手裡果然拿著一個小小的盒子，裡頭裝滿了石子。

好不容易，終於只剩下我們兩個人了。

米粒頹然的走進來，仔細檢查我身上有沒有受傷，我搖搖頭，坐一下後舒服很多，沒什麼大礙了。

「我覺得這個蜜月，只怕會多災多難。」他坐在地上，曲著雙膝，手肘無力的架著膝蓋。

「都跟對方說清楚了，應該沒事了吧？」

「嗯……」他這麼回著，眼神卻若有所思。

當然，我們或許沒事了，但是那票學生百分之百一定會有事。

他們只怕自願或非自願性的招惹到什麼，我們可以預料，接下來的蜜月，恐怕周遭不可能風平浪靜。

「那我說……」我撐著身子，忍著殘餘的疼也坐到了地上。「我們讓事情速戰速決好嗎？這樣或許我們倒楣三天，但至少還有三天可以玩。」

米粒扯了嘴角，將我拉到身邊去。

緊緊的擁住我，像是怕我會消失似的。

「我討厭惹麻煩事。」

「我知道。」我笑吟吟的吻上了他的臉頰，「就當是為我們的蜜月旅行吧？」

他很不甘願的點頭，然後我們聽見外頭有人在敲窗。

叩噠叩噠，伴隨著門外的砰砰砰砰。

米粒讓我待著，他起了身，出浴室門時先往右方看去，只見他蹙起眉頭不悅的嘖了好幾聲，緊接著要外頭的服務人員稍等，我聽見他翻找油漆筆的聲音，接著往窗邊走去。

我吃力的撐起身子走出浴室，我們的窗戶上，有著沾滿污泥的手印。

米粒用金色油漆筆在窗戶上寫上經文與符咒，我帶著輕笑，打開了房門；外頭站著「全副武裝」的阿桑，她身上少說有一斤重的佛珠，一進來就瞪著我們房間的地板瞧，連我說麻煩妳了都不想聽見似的。

她留意到米粒正在寫東西，卻沒有出聲制止他不要亂寫窗子，而是用迅雷不及掩耳的速度將房間的海水跟水草收拾乾淨。

外頭人聲鼎沸，我倚靠在門緣，看來沒有人敢進房間。

「小可。」我喚了哭紅雙眼的女孩，她愕然的抬首，朝我這邊走來。

「一個小時後來我房間。」我輕柔說著，「把大家都帶來。」

「咦？」

「我跟我老公想把事情快點解決掉，就麻煩你們了。」

「解決？解決什麼？」她顯得有些緊張，「你們知道、知道小冰他們去哪裡了嗎？」

我瞥了她一眼，淡淡的笑了笑。「我會幫妳問的。」

「問誰？」

「問鬼。」

第三章・叩窗

來自中台灣的九名大學生，除了叫祖凡的男生是一個人外，其他都是情侶，一共是五男四女。現在剩下的人全聚集在我們房間，席地而坐；我讓他們帶點東西過來吃，盡量把氣氛弄得像是野餐，不讓他們太緊張。

雖說如此，但他們個個僵直著身子，渾身發抖，雙眼直瞪著地板瞧，比上刑場還恐懼。

「你們放輕鬆吧，這麼緊張做什麼？」我跟米粒兩個人也坐上了地，只是靠著床緣。

小可不安的看著我，看來我的話並不能使他們心安。

「安……妳讓我們過來做什麼？」

「聚在一起你們也比較心安吧？」米粒喝著啤酒，冷淡的望向他們。「我們想知道你們今天去了哪裡、碰了什麼，還是發生什麼不尋常的事情。」

「我們？」一頭栗色短髮的女孩叫小K，就是下午的細肩帶女孩，有著男孩般的個性與口吻。「就只是去景點逛逛啊，哪有什麼！」

「沒事的話亡靈不會找上你們。」米粒頓了一頓，「不過話說回來，也是有找錯人的時候啦。」

一聽到亡靈兩個字，一票學生如驚弓之鳥，看來小可有把我的話轉達給他們知道，尤其是「問鬼」這兩個字。

「為、為什麼你們說、說是『那個』！」梳成雞冠頭的文浩很想逞強，卻連鬼這個字都不敢說出口。

「因為我們看見了。」我從容以對，「小冰房間的水草跟海水，以及我們房間的都一樣，都是一個女孩子的鬼魂造成的。」

小可聞言，臉色死白的繃緊身子，唇部微顫著。

「真的還假的啊？」裡頭最從容的一對，應該要屬開口的博鈞跟女友又珊了，他們沒太多的恐懼，反而有較多的是質疑。「你們是不是詐騙集團啊？專門詐財的！先說了，我們是學生，沒有錢喔！」

「沒錢住這麼貴的套房？我看你們的錢很多啊！花父母的錢都不眨眼的。」米粒涼涼的諷刺著，「如果我說我們能救你們一命，再多錢你們也應該捧出來吧？」

我不由得白了米粒一眼，他現在認定蜜月旅行被破壞都是拜這群學生所賜，憋得一肚子火沒處發，偏偏那個叫博鈞的優等生還質疑我們，簡直是火上加油。

「救我們一命？聽你們在說，隨便編了個不實際的東西來嚇人，就只有小可這種人會被嚇到！」又珊挑高了眉，「不是每個人都是白痴！拜託不要講一些有的沒的！」

「那房間的海水跟水草是怎麼來的？！」文浩忍不住回嘴，他看起來也嚇到了。

「要我說，不就跟他們有關係嗎？」博鈞把矛頭指向了我們，「他們房間也有一樣的東西，依照推理劇，是他們把東西帶進來，故布疑陣！」

我跟米粒交換神色，搞半天還是我們把他們同學搞失蹤的就是了。

「你推理劇看太多了，世界上很多東西不是科學能解釋的。」我微微一笑，「我相信這個島上的居民絕對支持我的論點。」

是媽祖、王爺跟觀音媽保佑他們出海的安全，而不是科學。

「迷信的東西原本就不可取。」博鈞一骨碌的站起身，「失蹤不是自己貪玩、就是有歹徒入侵，或是他們白目被騙出去，別跟我們扯那種鬼呀神的，無聊。」

又珊也跟著男朋友站起身，對同學扔出不屑的眼神，他們就是跟其他三組人馬分開住的另一對情侶啊……感覺得出來，有些格格不入。

不過叫祖凡的瘦小男生因為沒伴，所以一個人住在雙人房，就在博鈞他們隔壁，是個很安靜的人，抱著膝不停的晃著，顯得相當不安定。

「又珊！」小可連忙去阻止他們，接著他們在門口爭吵了一會兒，我跟米粒都不加干涉，因為這的確是自由選擇。

只希望問題不要卡在那一對身上就好了，嚴重延誤事情解決的進度，米粒會很生氣。

不一會兒，小可頹然的回來，她既害怕又難過的跪在地板，男友文浩趕緊安慰她，大家都說不要管，反正遇到事情就會回來的。

「我這裡是便利商店嗎？需要就來，不需要就走？」米粒沒好氣的白了他們一眼，「等真的出事，我不會為他們出手。」

他這句話是說給我聽的。

我圓了眼，無奈的點點頭，我們現在能做什麼？沒有了炎亭，等於少了個法力無邊的護身符，很難能處理大事。

我們只是想找到事件的源頭，試著關掉它。

「剩下的人……我們來說說今天發生的事吧？」我盡可能柔聲的說著，外頭風聲大作，聽起來很像颱風前夜，那種鬼哭神號的聲音。

我跟米粒都知道，外頭有人，但我們把房間所有的燈都打開，玻璃窗上也寫滿了咒語，那些東西不可能進得來，敲破了窗子也聽不見它們。

「我們今天……就只是去花瓶岩、烏鬼洞、美人洞那裡而已。」小可努力的回想，「去吃冰、拍照，還有去山豬溝，真的沒做什麼！」

「我把相機帶來了！」小K的男友叫書緯，戴著無框眼鏡，看起來滿斯文的，他趕緊拿出相機，讓我們看。

我跟米粒深吸了一口氣，打開數位相機開始查看，相機裡都是他們九個人的嬉鬧照片，看起來很正常，陽光燦燦，照片拍出來的效果超級好，只是很怪的，總覺得蒙上一層陰影似的。

從第一張開始就這樣，照片裡有一種說不上的奇怪感，像是上頭擺了張淡灰色的板子似的。

不過沒有拍到鬼影，不代表沒事。

「有碰到什麼不該碰的東西嗎？」我再問。

他們認真的思索，很像很難回答這個問題似的，幾個人竊竊私語的討論，我跟米粒則感覺氣溫愈降愈低。

海浪聲愈來愈大，氣候感覺正在改變，明明該是無風無雨的天氣，為什麼會驟變呢？

「怎麼了嗎？任何小事情都試著想起來，有時候不小心碰到的東西，可能是具有詛咒或未息的怨念。」我注意到他們表情各有異，或許真的有什麼。

「撿東西算不算？」小K很不安的看著我們，「我們會撿些紀念品，像沙啦、貝殼啦，或是……葉子什麼的？」

「撿了些什麼？」米粒問著，我想起那名撿黑色石子的女孩，稱那石頭叫「死意」，再怎樣他們也不可能撿比這個還糟的東西吧？

「我撿了小小的東西。」祖凡終於出聲，從口袋裡摸出一個尖錐狀的物體。米粒伸手接過，是個像是線香的東西，三角立體尖錐狀，有些泛黃色，質地堅硬。

「我們也有……」書緯說著，大家開始面面相覷。

最後討論結果，他們決定把自己撿到的東西拿過來給我們看，所以大家成群結隊的分別回到各自房間去拿東西；米粒跟我就站在走廊上，不許他們關門，以防萬一。

祖凡留在我們房內，我留意最底間的小K他們，米粒則看顧小可，只是當我站在附近等待時，卻聽見隔壁房有翻箱倒櫃的聲音。

房門是半掩著的，老闆似乎也不打算關上，警察都已經撤離，這時裡面會有誰？總不會這時候還有乘人之危的偷兒吧！

我悄聲貼近門，聽著裡頭翻東西的聲音，有人正在開闔抽屜，把東西一件件往外扔，而且不止一個人。

我再把門頂開一點，果然看見有兩個人背對著門口，瘋也似的在翻找東西；現在連月光也沒有，我只能藉由外頭的燈光，瞧見裡頭模糊的人影。

窗戶是密閉著的，房內沒有風，說明小偷是從門口走進去的……我隨著腦子裡想的，低頭看著門廊，大滴大滴的水漬往裡頭去，這一次，水裡和了泥濘。

『我也撿了東西……』聲音陡然貼在我耳邊，『我也找給妳看……』

我僵直了身子，不敢妄動，只能轉動著眼珠子，眼尾朝我頂開的門縫那兒看去……有一雙滿是泥巴的手攀著門緣，兩尊泥人就卡在門內，森白的眼珠子鑲在濕漉漉的泥臉上頭，隨著泥巴的滑動而緩緩滑下。

我的右手擱在門把上頭，心一横，猛然把門給拉上！

砰的好大一聲，引起一陣尖叫！

「怎麼了！」米粒回身立刻奔至，其他人也都跑了出來。

「沒事，我關門太大聲了！」我趕緊跟大家道歉，「我看他們房門沒關……所以……」

「嚇死人了！」小可眼淚都流出來了。

米粒鬆了口氣，才要轉身，便被我拉了住。「他們回來了。」

「誰？」他狐疑的皺眉。

「應該是小冰跟季安。」我用嘴型說著，「兩尊泥人，我想已經……」我搖了搖頭，代表這兩個失蹤的人應該已經不在世上了。

米粒望著那扇被我關起的門，我們誰也沒想到他們不但回來了，還聽見我們的討論，急著要把撿到的東西交給我們。米粒二話不說取下身上其中一個護身符，綑在門把上，不讓他們離開房間。

「在做什麼？」小Ｋ拿著東西走來，恰巧看見米粒的動作。

「祈禱。」我隨口胡謅，往我們房間走。

小可他們已經在外頭等了，就等米粒把東西繫好，我知道他試著跟裡頭的死者說了幾句話，然後才又折返回來。

我跟他對於小冰二人的事一句不吭，推想外頭敲窗的就是他們兩個，那泥巴手印清晰可見，我們經歷過太多事情，身上的磁場變得容易吸引鬼魅，雖然我們是很習慣了，但不喜歡經手這些事。

四個人亮出他們的戰利品，說穿了真的只是些貝殼、沙子、葉子跟花而已，沒有什麼多大的特色。

「但是又珊好像有撿到特別的東西。」小可回憶著同學拾到的物品，「好像是金色的釦子，滿漂亮的，她說要回去縫在袖子上。」

「對，釦子上面有很漂亮的花紋，我們想是其他遊客留下來的。」小K也看過那枚釦子。「只是釦子，應該沒什麼吧？」

「在哪裡撿到的？」米粒問，石子都能是死意了，釦子可能更了不起。

「烏鬼洞。」書緯搶著回答，「如果說撿東西，那我們在美人洞時，也有撿一顆石頭。」

「石頭？」這裡石頭還不多嗎？根本是珊瑚地形。

「白色的石頭，滿漂亮的。」書緯拿出自己的相機，「撿到時我還有拍咧！」

我們接過來看，是一塊扁平而雪白的石子，沒什麼大特色；但是它呈現輕微的圓弧狀，讓我覺得有些奇特，更重要的是，這石子的照片比其他照片來得陰暗。

大概是在洞裡拍的，閃光燈的結果造成某些光點……例如，我仔細端詳螢幕左下方的閃光反射，好像一張小小的人臉，兩個眼睛窟窿跟個小嘴，就站在小K的腳邊。

至少我們知道明天要去哪裡了，我看向米粒，他依然滿臉的不爽。

「有人拍到……小冰他們撿到什麼嗎？」我試探性的詢問。

學生們露出疑惑的神情，看樣子好像沒有撿到的樣子。

「他們兩個在海邊撿星沙……」祖凡又緩緩的回憶，「可是我看見他們有點鬼鬼祟祟的，因為季安不停的環顧四周，最後把一樣東西塞進口袋裡。」

但是，就是沒人知道他撿到什麼。

「以後不要亂撿東西。」米粒警告著。

「這是單純撿東西引起的嗎？」我有點懷疑，「我看那女孩在找人，站在碼頭，不知道在找誰。」

「明天再去問問。」米粒打了個呵欠，「好了，我想睡了，明天九點出發，睡飽一點吧！」

學生們面面相覷，惴惴不安的望向我們，沒有人移動身子。

我自是覺得不妙，他們、他們該不會想在這裡睡吧？

好歹我們是新婚耶！這下連我都想抗議了。

「請離開。」我下了逐客令，怎麼這麼不識時務。

「可是、可是我們……」小可囁嚅的請求，「我們不敢一個人睡啊！」

「大家睡一間如何？」我斂起笑容，「不然也可以去找又珊他們一起睡，我想他們不會介意的。」

要說那小倆口心裡不毛裡毛氣，我才不信呢！

小可他們點了點頭，依然五人一組共同行動，我送他們出去時，在一樓庭院瞧見了一個往上看的人影。

是那個收集石頭的女孩。

「晚安。」她揚起笑容，對我揮了揮手。

我遲疑著該不該回應，攀在欄杆上往下看她。

「暴雨快來了。」她側了頭，「出門記得帶雨衣喔！」

她說著，愉悅的繼續在庭院裡散步，她的行徑讓人非常困惑，我甚至發現她……

她好像在跟身邊的空氣說話。

是啊，那眼神、那動作，看起來彷彿自言自語，但事實上卻好像認真的跟著什麼在說話。

處處有怪人，就是這個意思嗎？

「安，進來了。」米粒在裡頭喊，「我們該洗澡了！累死了！」

我再看了女孩一眼，她的姿勢像是正側耳傾聽，然後抬起頭望了我一眼，又是一笑。

我不喜歡她的笑容，總讓我覺得毛骨悚然。

我趕緊回房間，米粒已經在放洗澡水了

「我洗澡時你要陪我說話嗎？」我咕噥著，這種情況，不適合一個人待在浴室吧？

「我陪妳一起洗！」米粒露出今天最燦爛的笑容。

「色胚！」

※ ※ ※

這一夜我們算睡得相當安穩，因為米粒把所有的法寶都搬出來，只求能安靜的睡一覺，為了隔天開始的旅程。

雖然很晚睡，但我醒得很早，因為外頭的風聲淒厲，擾得人無法沉睡。

早上八點，外頭晦暗得不似白天，昨天的太陽消失了，烏雲密布，海象波濤洶湧，我看了新聞，莫名其妙有個颱風忽然逼近。

問題是我們來這兒玩之前，那個颱風明明對台灣毫無影響的。

「行進速度也真快，還轉向咧！」米粒整裝待發，「快走吧，再晚下起大雨來就麻煩了！」

我忽然想起昨夜那收集石頭的女孩的話，她說暴雨將至，要記得帶雨衣。

「我們穿上防風衣吧，以防萬一。」我拿出防風防水的外套，也讓米粒換上。

這原本是為了到海邊玩時穿的，可以防曬又能擋風擋水，最重要的是很輕薄，騎機車時我們幾乎都是穿這件；現在突然覺得這玩意兒真有用，所以我遲疑了一會兒，把該帶的東西都帶上了。

防霧的噴霧，那原本是要噴在蛙鏡上的，也換了運動鞋，不讓自己有赤腳的機會，後背包加了腰束帶，手電筒跟刀子也備妥，這些行頭我們都已經習慣隨身攜帶了。

走到餐廳時，小可他們人人都掛著黑眼圈，看來並沒有睡好，有趣的是又珊跟博鈞也一樣，他們兩個不是天不怕地不怕嗎？怎麼會也沒睡好？

「早。」小可早幫我們留了位子，他們六個人三三一組分別坐在對面，祖凡一個人落單的坐在我們身邊。「大家都還好嗎？」

沒人回應，臉色都不甚佳。

「你們兩個怎麼也一臉失魂落魄？」米粒果然問了博鈞那對小情人，「你們應該不信什麼怪力亂神的啊！」

博鈞鐵青著一張臉別過頭，身邊的又珊像是在忍著淚水，嗚咽的悶聲哭泣。

「昨天晚上一直有人敲窗戶！」小可緊皺著眉，「我們沒人敢去看，可是、可是又珊聽見有人在叫她！」

「你們大家睡一起嗎？」果不其然，嘴巴再硬，還是會怕的！

「嗯！」小K點了點頭，「女生擠床上，男生睡地板，我們把燈都打開，可是還是聽見了……小冰的聲音。」

噢，他們回來的事，我們並沒有告訴他們。

「還有聽見什麼嗎？」米粒也不打算說。

「他要我們快點開窗戶，救救他們……還有……」小K嚥了口口水，「不要扔下他們不管。」

「嗯……」米粒微瞇起眼，啜飲著咖啡，他正在盤算某些事情，我也聽得出來亡者的焦急，至少說出了重點，他們不希望被扔下。

他們怎麼出事的？死在哪兒？為什麼能夠回來呢？

「啊，大家早！還有三明治，要不要吃！」老闆端著一個托盤，熱情的走出來。

「我要！」米粒舉手，他起身去櫃檯跟老闆拿，我也湊了過去。

「你們兩個睡得不錯啊，精神真好！」老闆笑著說，他臉色也很差。「昨天這樣一鬧啊，睡都睡不好！」

「不養好精神難辦事的！」這是我跟米粒的哲學，尤其遇鬼時，精神耗弱就輸在起跑點。「老闆，請教一件事。」

米粒忽然壓低了聲音，背向小可他們，我拿過三明治走向學生們，試圖引開他們的注意力。

「還有沒有人要喝咖啡？你們都該去喝一杯！」我吆喝著，「要有精神，不然等一下怎麼玩？」

小可啜泣著站起身，接著每個人都聽話的去拿了杯濃濃的咖啡，我趁機走回櫃檯，看見老闆的神色凝重。

「還沒找到？」我走過去時，只聽見米粒的聲音。

「還沒，大家都覺得怪！」老闆嘆口氣，「現在又鬧出這樣的事，大家決定要請示觀音媽了！」

「我知道了！」米粒點了點頭，跟老闆說聲謝。

原來米粒在詢問最近可疑的命案或是失蹤案，才知道前兩天，也有對情侶夜晚出遊後，至今還沒有回民宿。

小可他們拿著咖啡，憂心忡忡的望著我們，米粒討厭那種被寄託的感覺，他覺得個人的命個人擔，尤其如果是這群學生自己惹的事，就不該扯上我們，或是希望我們為他們做些什麼。

我知道他心腸其實很軟，但有如鋼鐵般的原則，就像在樹海時一樣，他也十分敵視那群大學生。

所以他別開視線不與他們對望，「『公關』部分就交給我了。我不至於贊同惹事端的人們，但經歷不同，不至於仇視。

「我們按照昨天你們玩過的地方走一圈，等一下先去買雨衣，天氣看起來隨時會下雨。」我清楚的交代著，「每個人都請看好自己的伴侶，不要落單。」

「我們、我們一定要去嗎？」小Ｋ囁囁嚅嚅的開口，「天氣這麼糟，而且……感覺很可怕。」

「可以呀！」米粒順勢接口，「但如果發生什麼事，就請妳自己負責。」

想要別人冒險卻坐享其成的人，愈來愈多了。

博鈞不悅的擰起眉，瞪向米粒，一旁的又珊叫他冷靜些，我真搞不懂，明明是他們有求於人……或許這就是米粒的觀感，我們出手相助，說不定人家還認為是雞婆。

「我們不勉強任何一位，我們會想要幫你們，是因為這件事影響到我們了。」我冷然的告訴他們，「事情與我們無關，如果亡靈沒有過來，我們根本不會在乎你們的死活——沒有人應該比你們自己更在乎。」

學生們臉色蒼白的噤聲，絞握的雙手微顫著，我跟米粒悠哉的用完早餐後，便起了身。

「走吧。」我回眸笑著，他們才勉強的站起，彷彿屁股有千斤重，離不開那椅子。

「咦！你們要出去啊！」老闆聞聲，焦急的從櫃檯奔出。「不好吧！看這天色等一下就會下雨，在這裡可是會狂風驟雨的！」

「沒關係，我們自己會照顧自己。」我跟老闆肯定的笑著。

「可是不好啦！你們不知道這裡的天氣……」

「再糟也得去。」前頭的米粒開了口，「否則事情會愈鬧愈大的。」

他定定的望著老闆，老闆瞬間彷彿了然於胸般的鬆開我的手，頹然的踉蹌，不停的搖頭，嘴裡喃喃唸著造孽啊造孽。

我穿起外套走到庭院外，海風十分強勁，光是走路我就覺得相當困難，男生們都去牽車，女生們則站在風中不安的搓著雙臂；此時，我看見收集石子的女孩輕快的下來用餐。

「嘿！」我忍不住走過去。

「咦？早安！」她跟著同伴，也是一個女孩。「你們要走了啊！」

「嗯，早點出發比較好。」我總覺得，她似乎知道我們要去哪裡。

「小心點吧！」她望著那群人，「唉，我也好想去，難得有這麼多死意可以收集……偏偏她不讓我去。」

這麼多死意？我聽了很難舒服，「她？妳朋友喔！」

女孩轉過來，定定的望著我，露出一抹神秘的笑容，挑了挑眉搖首。「不是。」

「好吧，對於我們出去，妳有什麼建議呢？」

「我——」她才想開口，忽然頓了一頓，頭微側十五度，又是傾聽的模樣，眼神忽然瞟向我、再望向小可他們，然後哦了聲，笑得很甜美。「美人魚上岸是為了什麼呢？」

「美人魚……」她果然知道些什麼。

「還有，為什麼她會變成美人魚呢？」女孩比了一個二，「找到這兩個問題的答案，事情就算解決一半了。」

「謝謝。」我在考慮是否要相信這女孩的話，「對了，還沒問妳的名字。」

「叫我惜風就好了。」她轉過了身，「安。」

安？安？我有跟她說過我叫什麼名字嗎？就算她曾聽過我姓安，但也不至於用這樣的口吻吧！

「安！」米粒在後頭喊著，我帶著驚異回過身子……當然她也可能聽過米粒這樣叫我。

但不知怎麼的，這個叫惜風的女孩讓我覺得有些毛骨悚然，遠勝昨天那從大海爬出來的美人魚。

第四章・追尋

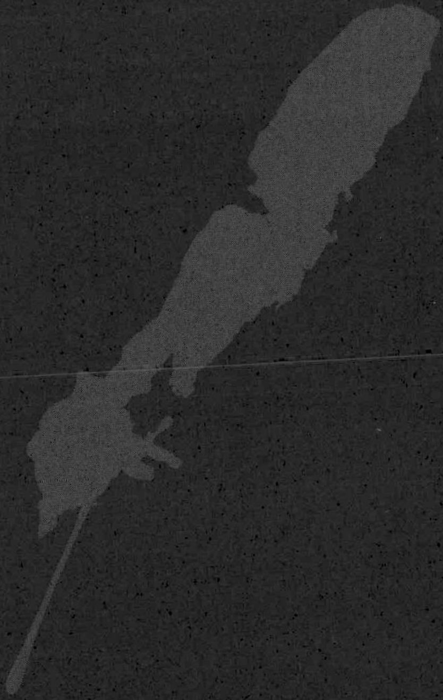

因為天氣驟變的緣故，路人、行人跟遊客驟減，幾乎沒有什麼人在外頭走，市場的攤販也僅剩一兩攤，風一吹都能颳起地面上所有的東西，一二五的機車騎起來也搖搖欲墜。

我帶小可他們去買雨衣後，就浩浩蕩蕩往第一站：烏鬼洞出發。

烏鬼洞是小琉球著名景點之一，它的由來是篇血淚史；傳聞明永曆十五年，延平郡王鄭成功將荷蘭人驅走時，少數黑奴未及時歸隊，便逃到小琉球，躲在一個山洞中。幾年後，有英軍小艇在此洞西北的蛤板登陸，觀賞風光，黑奴乘機搶物燒艇，便殺了不少英軍。但後來被英艦發現艇毀人亡，便上岸搜索，而黑奴們潛伏洞中，百般誘脅仍誓死不出，英軍最後堆柴灌油引火，將他們全數焚死，洞內屍骨無數。

後人起名為烏鬼洞，便是指黑人曾棲息於此洞。

光聽這歷史就知道那洞裡曾有多少冤魂，不管是被搶劫的英軍或是被活活燒死的黑人，有些較敏感的觀光客也在參觀時看過好兄弟；區區一個洞穴埋藏了無數屍骨，參觀時該懷著敬畏之心，但現在這種情況進去，我覺得一點都不妙。

一路上不少熱情親切的居民都勸我們折返，回民宿休息，不該在這種天候出來，但我們依然執意前往；抵達位於半山的烏鬼洞時，壁上血紅的字此時看來有些怵目驚心。

我們將機車停在一邊，果然沒有人煙，洞口相當狹窄，望著那未知的洞穴，連我都心生不安。

「走啊！」米粒在後頭催促著學生們，「昨天不是才來過，幹嘛現在裹足不前！」

「呀——」女生們抱在一起尖叫，男生們緊擰眉心瞪著那窄小的洞口看。

「快點！休想叫我們打先鋒！」米粒把我拉在手邊，的確這不該由我們走在前頭。「你們是想不想解決事情啊！」

「幹！你兇什麼啊！」博鈞忍無可忍的回過頭來大吼，「我是不能什麼都不管，待在民宿裡睡覺嗎！」

「可以呀！」米粒一點都沒反對，「請～你隨時可以離開。」

學生們紛紛倒抽一口氣，臉色發白的又珊望著博鈞，衝上前要他不要衝動，他們現在回去根本於事無補，萬一又有東西跑進去怎麼辦？

「你們是在驚三小啦！」博鈞氣急敗壞的大喊，「兩個來路不明的人亂講話，你們就嚇成那樣！」

「博鈞！你少說兩句行不行！你明明知道有問題！」小K也回以吼叫，「不然昨天晚上敲窗的人是誰，你他媽的這麼威，幹嘛不去掀窗簾看！」

「對啊！那明明就是小冰的聲音，你是要怎麼假啦！」

被同學圍剿的博鈞緊咬著唇，還是滿臉不屑的表情，他緊握雙拳，回身又往摩托車走去，看樣子是打定主意不想救自己了。

「不關我的事，我又沒做虧心事！」博鈞頭也不回的大喊，「你們要去肖自己去！」

「博鈞！」又珊追上前去，「你不要這樣！人家也是好心要幫我們，你不能說這一切都沒問題！再怎樣……小冰他們兩個已經不見了啊！」

「說不定只是沒找到，要是他們真的死了，那也是自己亂搞的！幹嘛非得扯上鬼！」博鈞使勁推開女友，她整個人摔在柏油路上，引起一陣公憤。

「博鈞！不要回去比較好！」祖凡忽然出聲阻止，「你這樣就落單了！」

博鈞回頭瞪了他一眼，頭也不回的離開。

小可他們一起把又珊扶起，她哭得泣不成聲，博鈞倒真的很帥的騎上摩托車，不留餘地的揚長而去。

「不救他。」米粒指著遠處的背影對我說。

「同意。」我點點頭，未來不管發生什麼事，絕對不出手。

看著被扶回來的女生，剩下的六個人互相加油打氣，結果由文浩打前鋒，大家說好了要輪流！我看著恐懼至極的文浩深吸一口氣，小可忽然跑上去握住他的手，說要一起進去。

我看了有股甜蜜的感覺，仰頭望著米粒，他也正牽緊我的手。

就這樣，我們進入了曾經有無數橫死屍體的烏鬼洞，洞口非常的狹窄，得彎下身子才能擠進去；烏鬼洞是珊瑚礁岩構成的天然洞穴，曲折幽暗，走進去相當蜿蜒，裡頭漆黑到伸手不見五指，聽說平常外頭會有個阿婆專門出租手電筒。

太黑了，愈黑暗的地方，愈有可能發生什麼事！

我們魚貫的擠進洞裡，裡頭彷彿是撲朔迷離的迷宮，大家小心翼翼的走著，我盡可能不讓手電筒任意照向四周，避免在幽暗的洞壁上瞧見什麼東西。

「老實說還滿漂亮的！」米粒仰望著整個洞穴，如果不是懷抱著這樣的心情，的確是個讓人讚嘆的美景。

「嗯，這就是巧奪天工吧，天然形成的美景！」要是允許的話，我也想放鬆心情參觀一下。

是啊，如果不是有多那好幾組腳步聲的話，或許我真的會停留。

在我和米粒的身後，有其他人的腳步聲，而且不止一個人，那聲音也是沾了水般，在岩地上行走，有些踉蹌也有些不穩當，但就是跟著我們。

雖然行進得很緩慢，但是我們大概也走到中段了，這兒前無古人後無來者，距離兩端出口都有一段距離；空氣中開始傳來海水以外的味道，我認真嗅了嗅，總覺得很臭，像是汽油味。

「停下來。」我朝前面喊，學生們個個如驚弓之鳥，光這樣高喊就會產生尖叫。

尖叫聲在岩洞裡傳出回音，嗡嗡的讓人有點耳鳴，情侶們各自緊緊擁抱，回身看向我們的方向；只不過他們一轉過來，雙眼立刻瞪得圓大，從發抖的雙手便知，我跟米粒身後有東西。

我們從容的往前走動，小可幾乎就要指出來了，抖著音想說話，可是半天出不了一個字。

「噓。」我用嘴型說著，盡可能快步聚到他們身邊。

然後，米粒倏地回首。

有個女孩站在我們身後兩公尺的距離，她依然低垂著頭，直著身子站在那兒，了無生氣。

『是誰……』她的聲音渾濁不明的在洞穴裡迴響著，『誰是我的……王子……』

我想起惜風說的話，這一切事關美人魚！為了王子上岸的美人魚，用聲音換取雙腳，既然如此，這位美人魚為什麼擁有說話的力量？

「……小冰？」小可顫抖著喊出同學的名字，「是小冰嗎？」

我愕然回首，「那是小冰的聲音？」

他們點頭如搗蒜般的用力，她不該會聽錯同學的聲音啊！可是眼前這個亡靈，並不是小冰！

「我們誰也不是，妳找錯人了。」米粒用堅定的聲音回答她。「妳找的王子，有名有姓吧？」

『我……不知道他的名字……』女孩的頭緩緩移動，像機器人般僵硬遲鈍，還發出喀噠聲響。

「這下可麻煩了。」連名字都不知道的王子，跟故事裡如出一轍。

「所以，」我立刻回首，「你們這裡有人腳踏兩條船的嗎？欺騙無知少女的感情？」

文浩跟書緯立即拚命搖頭，只差沒當下立誓，祖凡蒼白著臉色顫抖，我總覺得他似乎知道什麼。

『為什麼……不要我……』女孩終於抬起頭來，腐爛的臉在黑暗中看不甚清，這是不幸中之大幸。『為什麼要這樣……』

她哭泣著，淒楚的哭聲迴盪在洞穴中，藉著手電筒的餘光，我感覺牆上有什麼影子正在晃動。

「安、安……」小可的細叫聲傳來，盈滿了恐懼

米粒立即把手電筒往穴壁上照，濕滑的壁上開始浮出一張張臉龐，緊接著是身體，黝黑的亡靈自壁上竄出，每一個都張大了嘴巴，呈現極度的驚恐神情。

「黑、黑人？」文浩驚恐的叫著，他們身後及四面八方也都開始湧現人影。

「該死！這不只是黑人！」米粒向後退著，我們身邊的牆壁也浮出瞠目結舌的臉龐。

每一具亡靈都赤裸著身子，它們沒有頭髮、沒有衣服，完全是徹頭徹尾的黑色，但它們並不是我們想像中的黑人，而是全身都已燒成焦炭的「黑人」！

皮膚均已碳化，油脂都被燒盡，瞪大的眼睛跟闔不起來的嘴是被燒死前的掙扎，十指都呈彎曲狀，那是抓著地面的掙扎！

『為什麼……要扔下我們呢？』幽幽的，那女孩的亡靈這麼問著。

扔下他們？女孩是被拋棄的，那這群黑人呢？

他們是被荷蘭人拋棄，遺留下來的人，才不得已在這個洞穴裡生存！

我連忙後退，但是小可他們身後也全是過往的亡靈，行動緩慢卻意志堅定的走向我們，雙手在空中搖擺抓著，彷彿在向我們求援，也或許正在問我們：為什麼要扔下他們！

「哇呀——」小可尖叫著，「我們要怎麼辦！」

「跑！」我大喝一聲，「撞開它們，跑就是了！」

說時遲那時快，一隻焦炭般的手抓住了我，我猛然回身，鼻尖差點就抵上了焦屍的鼻尖。

望著它痛苦張大的嘴，我險些不能呼吸！

一隻手猛然迎面敲上，米粒操著手電筒擊向它的頭顱，發出清脆的裂聲，碎炭屑從頭裡噴了出來。

我則使勁用腳把它踹開，最後它留了一隻斷臂在我手上。

小可鼓起勇氣開始撞開碳屍，不過它們為數眾多，很輕易就困住了大家，我跟米粒根本自顧不暇，沒有時間去幫他們！

「又不是我們扔下你們的！」小K尖聲嘶吼著，她的頭被一具焦屍箝住。

「重點絕對不是這個！」米粒擔憂往遠方看去，那女孩步步逼近，嘴角挑著一抹笑。

『一起死吧……一起死吧……』她竟開始低低的哼起歌來，身後的皮膚跟爛泥一樣，一塊一塊的往下滑，『大家一起死吧……』

我不由得打量了她一眼，發現她的右手，竟然緊緊握著一把閃著光的刀子。

果然跟人魚的故事一樣，如果喚不回愛人的心，乾脆就殺了他，她才能回到大海中嗎？

問題是她連誰是王子都不知道，就打算濫殺無辜？

「一定有東西讓這群黑人執著！」我拿出過往的經驗談，「他們不會無緣無故受到亡靈的操控，即使他們同樣被捨棄，可是這裡絕對有東西吸引他們！而且怪罪在小可他們身上！」

米粒瞪大了眼睛，回身踹開一具焦屍，往小可那兒大喊：「釦子！昨天誰撿到釦子！」

咦？不停尖叫的又珊忽然止住，她的馬尾正被揪住，拽拉起身子，倉皇失措的望向米粒。

「我、我撿到一顆金色釦子！」她嘶吼著，我立刻衝上前，要跟她拿釦子。

「不在我身上啊！」

「什麼？我不是交代昨天撿到的東西都要帶出來嗎？」我簡直不可置信，他們到底知不知道事情輕重？

「在、在博鈞身上啊！」她嚎啕大哭起來，在那個臨陣脫逃的博鈞身上！

忽然間，語言像有魔力似的，焦屍紛紛鬆開了抓著其他人的手，它們轉了方向，不約而同的朝又珊前進。

「它們聽得懂……天哪！」我情難自禁的掩住嘴，「它們知道釦子在妳身上！」

「不不！不在我這裡！」又珊慌亂的搖著頭，「在我男朋友那邊，他拿著、拿著……」

天空忽然劈出道雷電，將洞穴裡瞬間照得通亮，張牙舞爪的焦屍成群結隊的湧向又珊，那是我們再怎麼阻止也無法拉住的數量。

「可能是……軍服上的釦子，她撿到它們的東西。」米粒正夾著手電筒，在尾端綁繩子，「即使淪落到這裡生活，也還是記得往日的光榮。」

我深吸一口氣，轉向小K，指了指洞穴的前方。「跑！一路跑到外頭，不要回頭！」

米粒開始揮動手電筒，不遠處的女孩亡靈斂起笑容，她塞滿水草的眼洞窟窿彷彿在瞪著我，即使沒有眼珠子，我還是感覺得到。

手電筒揮打上一群又一群的焦屍，它們不會痛也沒有感覺，只管往身邊擠，我藉著米粒打出來的一條路，鑽進焦屍群裡，抓握住又珊的手，將她往外拖出來。

但無數雙手緊扯著她的頭髮、她的手、她的腳跟衣服，憑我一個人的力量，根本沒有辦法拉動她。

「好痛！好痛！」又珊哭號著，兩股力量拉扯著她。

又一支手電筒甩至，一些手被手電筒揮斷，力道忽然減輕許多，我一鼓作氣的再把又珊往外拉一次，這回，總算是把她救了出來。

「快跑！」米粒以自己為圓心，不停的揮舞手電筒，打碎一具又一具焦屍的頭，但它們如雨後春筍般不停的冒出，速度也愈來愈快。

我們沒有回頭的拚命向前跑，我知道米粒也已經追上，牆壁上繼續浮出焦黑的臉龐，不間斷的焦屍再度冒出，但我們不能停留！

眼看著出口就在眼前，牆上忽然竄出一陣黑影。

「哇！」我拉著又珊戛然止步，兩個人差點摔了個四腳朝天！

兩具焦屍像在嘶吼般的向我們追來，身後的大手按住我的肩頭，手電筒瞬間揮舞過來，米粒一個旋身來到我面前。

「當初到底有多少人被燒死啊！」他低咒著，好不容易又把一具焦屍的頭給打碎，另一具卻抓住米粒的手電筒，硬生生的折斷它。

米粒抬起腳俐落一踢，硬是把擋路的焦屍往一旁踹去，旋即拉住我的手，將我往門口拖。

我們衝出洞口時，外頭業已傾盆大雨，瞬間洗去我們身上所有遺骨的焦炭。

「安！」五個學生站在洞穴前方，激動的大哭大喊著，「你們沒事！」

他們衝了過來，緊張的探視我們全身上下，我只覺得有點喘，回頭看向又珊，她曲著膝彎著腰在低泣，一樣氣喘吁吁。

「累死我了！」米粒甩了甩手，他的掌心有著繩子勒出來的紅痕，看來因為力道過猛還出現了割傷。「快點 Call 妳男朋友把釦子還給人家！」

聞言，又珊趕緊點頭，全身不住顫抖的她，根本淚如雨下。

『一起死吧……』

忽然，我聽見了洞穴裡的回音！

我隨即抬頭，只見好幾雙手倏地從洞穴裡竄了出來——我們離洞口太近了！

「哇啊！」米粒忽然彎身護住我，我們兩人朝前方撲去，我最後看見的是又珊倉皇失措的神色，還有抓住她的無數雙手！

我們重重的摔在地上，但確定遠離了洞口，米粒在半空中還有機會旋身，讓自己變成肉墊，擋在我身下。

「靠！」他忍不住哀叫出聲，外頭可不是沙灘，是岩地啊，我知道這樣的重力加速度有多痛，想趕緊起身，米粒卻緊抱著我不放。

「沒事了！我們有一段距離了！」我趕緊掙開他的懷抱，他無力的癱在地上，手臂上有多處挫傷。

我驚魂未定的往洞穴看去，尖叫聲此起彼落，小可他們正在上演拔河戰！又珊整個人被往裡扯拖，只剩下一隻手跟頭露在外頭，五個學生盡全力的拉住她的右手，看得出來很拚命。

「加油！不要放棄！」小K大喊著，她抓著又珊不放，用腳抵著地上，不讓自己也被拖進去。

「好痛……我好痛喔！」又珊哭喪著臉，文浩跳到另一邊，想拿手電筒往裡頭照。

他們沒人敢太靠近洞口，只能在這兒拔，我坐在地上，望著仰躺著的米粒，他已經沒有太多氣力了！

「我去幫忙。」我按住他的胸膛，「你先躺著，還沒確定有沒有腦震盪呢。」

「鐵定有。」他無力的說著。

我才剛要起身，就聽見歇斯底里的尖叫。

「不要——好痛！它們好用力！」又珊狂亂的叫著，情勢很明顯的是焦屍獲勝，因為又珊正被疾速的往裡頭拖拉。

「不可以！」文浩趕緊放棄手電筒，加入拉扯的行列。「妳的腳呢！又珊，妳的腳要抵著啊！」

「我的腳被抬起來了——不——啊啊——」

又珊的叫聲好瘋狂，我趕緊奔上前去，卻在剎那間看見小可、小K、文浩、書緯跟祖凡五人被反作用力往後彈開，一陣血花剎那間在洞口爆開，他們紛紛狼狽的摔了很遠，又珊的身影消失在洞口。

「哇——救命——救我！」她的慘叫聲還在耳邊，但逐漸遠去，我呆站在原地，決定先顧外頭的活人。

我往沙灘上走去，五個學生摔得七葷八素，書緯撫著腰才坐起，正尋找自己的眼鏡，文浩整個人都趴在沙灘上，小K跟小可疊在一起，她們好不容易才吃力的睜開眼睛。

而她們兩個人的手上，握著一隻潔白的手臂。

嚴格來說是手腕到指尖掌的部分，又珊殘餘的手。

「哇啊——」驚魂甫定，小可立刻看見自己緊握著的「那隻手」，她嚇得魂飛魄散，將斷手甩得老遠！

斷手飛上天際，又落在小K頭上，驚恐聲四起，每個人都拿著那隻斷手丟來扔去，最後斷手被扔在沙灘上，學生們目瞪口呆的望著。

我踅回身來到米粒身邊，細心的將他扶起，他的身上都是擦傷，最糟的是後腦勺有血滑下頸子，我拿手帕按壓傷口，似乎不是大傷。

「小傷。」他坐了起來，說還有點頭昏眼花。「雨洗一下就乾淨了。」

「最好是。」我白了他一眼，我們現在全身跟落湯雞似的，狼狽不堪。

「那邊……」米粒終於有空看向不遠處的前方，看見學生們掩面痛哭，然後也看見了落在沙灘上的殘骸。

我聳了聳肩，救不了又珊，拖進去後會發生什麼事，可想而知。

「都是博鈞害的！」文浩跳了起來，「他要是不帶著釦子落跑的話，又珊就不會死了！」

「配合一下是會怎樣！我們都已經被鬼纏身了，他還在講什麼狗屁科學！」書緯也哭喊起來，「現在把又珊害死了，他高興了吧！」

女孩子只顧著哭，然後小可上前用外套把斷臂包起來，並將它拾起，不讓朋友唯一剩下的遺骸曝屍荒野。

「我總覺得不是釦子的問題。」我抹去臉上不停滴落的雨水。

「我也這麼覺得，那只是一個契機。」米粒往洞裡瞧著，「應該是美人魚下的手。」

「她搞清楚誰是王子了嗎？還是只要男的都有事？」我沉吟思索，「她還先殺了小冰，借她的聲帶說話……真聰明。」

「時代在進步，美人魚也會進步啊！」米粒冷冷一笑，「而且她不只讓男生有事，連女生都照殺，因為……故事中王子是跟別國的公主在一起嘛，算不算情敵？」

「我不是公主。」我噘起嘴，雖然嚴格說起來，我前世還真的是個公主。

「可惜妳是管樹海的，能管管真正的海那該多好。」米粒搭上我肩頭，想要站起身。

我撐起他壯碩的身子稍嫌吃力，忽然跑過來的文浩來到米粒另一邊，助我撐起他。

這些其實不是太壞的孩子，只是玩過了頭。

「……只剩下……一隻手。」小可走到我面前，捧著那隻包起來的斷手。

「我知道，我們無能為力。」我沉靜的回著，「我們先到前面的遮蔽處休息，你們打個電話給博鈞，然後我們要去下一個地方。」

「下一個？」學生們紛紛倒抽一口氣，彷彿不敢相信事到如今，我們還要繼續走下去。

「你們不去也可以，我是無所謂。」我轉向洞穴，「只希望那個女孩子能就此罷休。」

大家都知道，答案是不會。

氣氛陷入沉悶，我們狼狽的到遮蔽處休息，烏鬼洞的管理人員看見我們都相當詫異，趕緊倒了熱茶給我們喝，問我們發生了什麼事，卻沒有一個人回答他。

米粒休息一會兒後不再頭暈目眩，他拿著斷手去找管理人員，請他先把斷手拿去處理，看是要跟觀音媽報備，還是要幫忙誦經。

管理人原本很狐疑，覺得米粒好像在胡言亂語，不過當他親自掀開外套時，臉色丕變，隨即恭敬的把外套捲好，保證一定先交給警方，再請示觀音媽。

接著，又問我們究竟發生了什麼事。

「晚點再說吧。」米粒嚴肅的看著管理人員，「我們得走了。」

「喂！怎麼說走就走！這個……」他焦急的喊著，「好歹讓我先報個警。」

「好！請警察到我們住的民宿去，找一個叫博鈞的人拿釦子。」米粒託對方處理這件事，「釦子一定要送回烏鬼洞，扔進去還是怎樣都行，就是人先別進去就對了。」

「釦子？」對方很是狐疑。

「金色的釦子，你們這樣講就知道了！一定要去拿！」米粒再三交代，然後旋身朝著我們吆喝，是該走的時候了。

「安……我們……一定要去嗎？」小K可憐兮兮的拉住我，他們每一個都飽受驚嚇，我當然知道。

「你們都聽見了，那個亡靈說了什麼！我不能保證大家都能平安度過今晚。」我語重心長的闡述事實，「我跟我丈夫可能可以，但是你們……覺得自己躲得過嗎？你們當中一定有人做了什麼，可能是你們不覺得有什麼的事，不過對別人來說是大事。」

「不、不可能啊！」小可哽咽的說著，「我們認識的人最近根本沒人出事或是死去……我們也沒有做過什麼……」

「再仔細想想吧。」

一定有的。

我感覺得出來，那個亡靈根本沒有找錯人，她確實是衝著這群學生來的！從大海裡努力的上岸，為的就是追尋她要找的人！

第五章・反撲

由於雨勢太大，所以我們決定暫時躲雨，等雨勢漸歇再前往山豬溝，畢竟山豬溝地勢較高，要爬階梯上去，並且上頭有崖，下著大雨更增添危險。

之前就聽說山豬溝有許多美食不容錯過，大家剛經過一場奮戰加上又濕又冷，米粒決定去買些東西回來給大家吃，於是要小可一行人待著別動，我們兩個去買回來即可。

一到那兒就可以看見一整排鐵皮屋下的攤販，只可惜因為天氣的關係幾乎全數歇業，黑糖冰淇淋、海菜凍等等都沒有出攤，幸好還有一個香腸跟炸劍魚卵的攤子還在那兒冒著煙，現下什麼東西都是美食了。

我跟米粒穿著防水風衣往簷下走去，其實渾身上下早就濕透了，滴水的身子略顯狼狽，顧攤的是老闆娘，看見我們瞪大了眼睛，上上下下打量了無數次。

「來來來！先喝點熱的！」老闆娘回身，拿出一個保溫壺，抽出兩個紙杯要幫我們倒熱茶。

「不必啦，我們剛剛在上頭喝過了！」我趕緊婉拒，但是老闆娘堅持倒了兩杯淡茶色的茶給我們。

「來，這個茶好，先喝點。」面對老闆娘的熱情，我跟米粒也不好意思再拒絕。

「小心燙口啊！」

「謝謝！」我看了看攤上冒著煙的東西，「我們想買六根香腸跟六份炸卵。」

「好好！」老闆娘連忙點頭，邊處理手上的事，一邊望著米粒。「肖年仔，你是跌倒喔，怎麼都是傷？」

「呃……」米粒看了一下手臂上的刮痕，只是尷尬的回以微笑。

「我這裡有一些藥，妳幫他擦一下啦！」她又拿出一瓶藥，還遞過一盒面紙，接著再拿出兩張小凳子讓我們坐。

老闆娘說橫豎要等，要我們索性先趁這機會在一旁休息；盛情難卻，我們便欣然接受，緊挨著坐了下來。

先喝了幾口熱茶，光看色澤就覺得那茶已經回沖再回沖，顏色已經淡到該是索然無味了，但喝下去卻異常的暖和！大概是溫度夠高的緣故，比上頭開飲機煮的熱水舒服多了；緊接著我再幫米粒把身上的傷口壓乾，塗上那個看起來像紫草膏的東西，至少可以防水，先擦藥總比感染好。

「你們兩個人吃那麼多喔！」老闆娘忙著炸魚卵，好奇的問我們。

「沒有啦，有六個人！他們在上面休息。」

「哦……看起來很累咧，你們這種天氣怎麼還出來玩？很危險吶！」

「您不也出來擺攤？幸好有您擺攤，我們才吃得到熱騰騰的食物！」米粒難得開口，我看他是餓了。

「哎喲，我這二十四小時全年無休的啦！我要是不出攤，你們怎麼辦？」老闆娘咯咯笑著，「來來，先吃香腸，趁熱先吃！」

米粒主動站起身接過，我忍著笑，他真的是餓了。

這也難怪，剛在烏鬼洞中逃亡奮戰，動得多總容易餓，我又跟老闆娘交代多烤一條，我想他一條是吃不夠的。

「山豬溝玩過了沒？」

「還沒，等雨停才要過來。」如此滂沱大雨，不必鬼來纏，搞不好就有人會失足咧。

「快停、快停了！」老闆娘看了一眼天空，「這個風颱來得快啊，去得也會很快！」

「這不是很奇怪嗎？明明不會影響到我們，卻莫名其妙轉向！」我咕噥著，總猜想該不會是亡靈的傑作吧？

「啊沒辦法啊，大海總是多變，前一刻是晴天，下一刻就是暴風雨喔！就跟女人一樣啦！」老闆娘將香腸翻面烤著，抬起頭來衝著我笑。「這風颱也不是自願來的，沒法度啦！」

不是……自願來的？哇，我第一次聽見颱風還是非自願的耶！

「啊你們知道山豬溝的由來嗎？」老闆娘又問，顯得樂不可支的。

「呃，關於山豬精的故事嗎？」

傳說有隻山豬精潛藏於此修煉數百年，有一天仙女下凡到海邊沐浴，將衣裳放置於岸上，被山豬精發現了，暗自竊走。等仙女洗完澡卻找不到衣裳，導致她無法升天，只好隱入樹林中哭泣；此時奸詐的山豬精便出現，告訴仙女若要衣裳就必須嫁給她！仙女假裝應允，但一拿到衣裳後便升天而去，從此山豬精終日相思嚎啕，最後憤慨而死，於是，此地稱之為山豬溝。

我們多少做過功課，這故事很像七仙女，只能說山豬精威脅不成，加上仙女智取欺騙，但山豬精卻一廂情願的認為自己被拋棄，抑鬱而終。

「唉，誰騙誰，誰威脅誰，愛情的事誰說得準呢？」老闆娘搖頭嘆息，「不過，其實有另一個由來。」

「咦？」這我就好奇了，因為沒留意過第二個傳說。

「嘖，知己知彼，百戰百勝咩！怎麼這麼不小心？」老闆娘嘖嘖幾聲，並搖了搖頭。「以前啊，人們常把養不起、生病或畸形的山豬丟在這裡，所以這裡有特別多的山豬，才叫山豬溝！」

我腦袋一片空白，連米粒都轉了過來，因為我們都聽到了關鍵字，又是遺棄與扔下。

「被丟在這裡嗎？」我不由得往上看去。

「是啊，山豬精也好、真正的小山豬也好，都覺得自己是被扔下來的。」老闆娘輕輕嘆氣，「這是情非得已，但是這個島上，有很多不可避免的遺棄……」

我忍不住望著老闆娘，為什麼我總覺得她話中有話？

「山豬精不能算是遺棄吧？」米粒低沉的說著，「牠是脅迫仙女，仙女並沒有愛牠。」

「愛情是盲目的，一廂情願你懂？就算是脅迫，牠也認定仙女答應牠了，答應了卻反悔，把牠扔在這兒……」老闆娘把東西裝袋，「不管怎麼樣，恨是真的、怨也是真的，那遺棄對山豬精來說，就是千真萬確了。」

我接過食物，老闆娘總共才算我們五百元，怎麼算都很便宜；再三道謝後，我們戴起風衣的帽子離開，發現雨勢真的漸歇，說不定等會兒就停了。

我回首再望向老闆娘，她也看著我，揮了揮手朝我扔出笑容，我頷首回應。

「米粒，你有沒有覺得那個老闆娘……」

「怪怪的？」米粒沉著聲，「我從到這裡開始，覺得很多人都怪怪的了。」

我失聲而笑，說的也是，再怪也沒還沒贏過收集死意的惜風。「反正不是鬼就好了。」

我現在已經看得很開了。捧著熱騰騰的食物上去，小可他們再累再恐懼，食物都能填補一部分的空虛，瞧他們吃得津津有味，彷彿剛剛的陰霾都一掃而空。

小可他們吃到最後發現袋子裡有東西，我拿起來看，發現是兩個小金墜，上頭是觀音菩薩的像；會心一笑，應該是好心的老闆娘給我們的吧，所以我跟米粒各拿了一個放著。

雨漸漸小了，天空也亮了一塊，雖然我們身上依然滴著水，但還是想趕快往山豬溝出發；雖是盛夏，但這樣的天候，仍讓我感覺有些涼意，再這麼濕答答下去，遲早會感冒。

「有點奇怪，博鈞的手機直接轉語音信箱。」小可讓電話響了好久。

「我也是，打都打不通，傳簡訊也不回。」文浩低咒了好幾聲，「該死的，該不會關機了吧！」

「好過分……他不知道又珊是被他害死的嗎！」小K滿臉不爽，但很遺憾，不管再怎麼過分，他還是在烏鬼洞逃過一劫。

「你們想起什麼沒有？有沒有誰對別人做了過分的事，劈腿啦、害對方懷孕啦……」米粒再次提示，畢竟美人魚是來找王子的。「一定跟愛情有關，有人對某個女孩許了承諾。」

小可跟小K立刻瞪向文浩及書緯，三個男生再次堅定的搖了搖頭。

「真的沒有！我跟小可才剛交往，怎麼都算熱戀期好不好！」文浩一臉無辜。

「我跟小K從高中到現在，感情一直很穩定啊！」

聽說他們還是高中同班，約好一起考同所大學的。

「我、我不敢跟女生說話……」祖凡囁嚅的說。

兩個女生決定相信男生，因為她們實在也不認為自己身邊的那位會劈腿。

「為什麼一定是我們劈腿啊？」文浩有點不太高興，「說不定是博鈞，或是季安啊。」

雖然說季安目前下落不明，但是文浩說的也有理，不能說現在還活著的人就是有問題。畢竟那位美人魚小姐好像沒打算分辨清楚，凡是男的都算王子，女的都是情敵。

又珊也是受害者之一，當然他們是撿到了什麼，但是當年被火燒死的黑人應該已經安息，是美人魚藉由怨念操控那些焦炭屍魂的。

「好吧！現在另外兩位男生都沒辦法回答我們，我們先去山豬溝一趟，看有沒有誰可以跟我們聊聊。」米粒吆喝著大家出發，因為我們都發現，每見美人魚一次，她會確定很多事情，說的話也會多一些。

走出外頭時，雨已經全停了，陽光雖無法露臉，但至少不會讓我們淋雨淋得全身濕透，我們騎著也濕透的摩托車往山豬溝移動，鐵皮屋攤販處的對面是唯一的停車處，但今天很多攤沒營業，所以我們可以停到裡面。

只是當車子騎到那兒時，我跟米粒都傻了。

我們只看到一整排關閉著的鐵皮屋，剛剛那個香腸攤呢？門是關著的，鐵門向下拉得死緊，完全不像擺過攤。

收攤了嗎？這老闆娘的動作未免也太快了吧！米粒把機車停進簷下，不可思議的檢查著攤位附近，看不出什麼特別的蛛絲馬跡。

「這麼快就收了？」我滿腹疑問，「要把炭跟油鍋收拾好只需要半小時不到嗎？」

「速度飛快……」米粒神情也很嚴肅，「算了，我暫時沒空想太多。」

我努力嚥了口口水，也不胡思亂想，關於那攤子該不會是假的……以及我到底吃進什麼的念頭，必須火速驅離！

小可他們當然不知道我們在說什麼，而我們也不給他們太多發問的機會，山豬溝前立了一塊木板牌子寫著「山豬溝」三個大字，一旁是木頭階梯，大雨過後略顯濕滑，米粒交代大家留意步伐後，便三步併作兩步的往上走。

階梯兩旁都是綠樹，被大雨洗淨過的葉子顯得翠綠鮮美，有股清新的感覺，我們當欣賞美景一般朝上走，卻也沒有忽略樹叢中一直有東西在竄動。

「喂！往前走！」米粒忽然停下腳步，要小可他們先往上爬。

他們聽話的從我跟他中間穿過，走上去後是一處狹窄步道，裡面幾乎是原始的森林樣貌，苔蘚、植物、巨樹應有盡有，花草叢生，我拿起地圖端詳，這是個斷崖形成的谷，裡頭曲徑幽迴，不管怎麼走都會回到原處，開發成一條O形步道。

谷內綠意盎然，仰頭看天也被綠葉遮掩，若不是我們是懷抱著探索亡靈而來，現在這涼爽的天氣與綠樹成蔭，實在是人生一大享受。

沙沙……有東西自樹叢間竄過，許多綠葉跟著擺動。

「有什麼在！」小K立即驚呼出聲，五個人抱成一團。

「我連問都不想問了。」米粒扯扯嘴角，開始環顧四周。「出來吧！喂！」

他高聲喊著，亡靈旋即出現在我們斜前方的樹上。

亡靈的形體更加清楚了，奇怪的是她腐爛的狀態比剛剛要減輕許多，身上的衣服甚至可以看得出來大概的樣子，全身上下有點鼓脹，比較像一般的浮水屍。

她依然沒有眼珠子，不過這次我看得見嘴唇了。

『答應要在一起的……』她終於緩緩的抬起手，右手依然緊握著銀色的刀子。

『他答應我的。』

她舉起的右手跟其他地方稍有不同，手肘到手指骨間依然是嚴重的腐爛泥狀，但手肘以上卻沒有類似的情況，彷彿腐化的時間不同似的。

然而我腦海裡浮現被撕扯下的手臂，令我覺得不甚舒服。

「她……喔，天哪！」我發現了端倪，「她拿了又珊的皮膚！」

米粒登時望向我，既訝異又不明所以。

「她拿了小冰的聲帶，所以才能說話！剛剛拿了又珊的皮膚，你看她的腐爛程度減少了！至於她拿了季安的什麼我不知道，但她每殺一個人，就讓自己更加像個人！」

我不知道美人魚的真實故事是怎麼樣，事實上也沒人能證明美人魚的存在，不過就眼前這位亡靈的行徑而言，我一點都不喜歡美人魚了。

「……腳。」書緯忽然顫抖著說，「她、她穿著的鞋子。」

我們定神一瞧，雖然鞋子上蓋滿屍泥及污泥，但那的確是雙跟她身材不成比例的大腳丫，以及運動鞋。

「妳想變成人嗎？」米粒有些無法置信，「妳本來就是人，而且妳已經死了！」

『我們……應該在一起的。』女孩依然使用小冰的聲音，悲淒的說，『為什麼只有我被扔下來了……為什麼！』

剎那間，我聽見了奔跑的聲音。

沙嚓沙嚓的聲響自草叢間傳來，所有的葉子都因此擺動，不用多說，我也猜得到那是什麼。

曾被遺棄的山豬。

「想讓山豬殺掉大家，妳想得太美了。」米粒從口袋裡拿出個小東西，緊握在手掌心。

『沒有人可以……捨棄我們！』亡靈大聲嘶吼，與其說像是哀鳴，不如說更像是質問。

緊接著果然竄出許多山豬，牠們都不是實體，比較像是腐爛中的動物。

「我們沒有拿什麼東西啊！」小可焦急的哭了起來，「不應該怪我們！」

「是不該。」米粒上前一步，「但你們一定對那女孩做了什麼事，亡靈的怨念不會恨錯人！」

一隻龐大的山豬衝了出來，它有著尖而長的獠牙，正對著米粒，一步步的逼近，四周許多小山豬的確都瘦弱殘缺，可是它們不停的號叫，帶著滿腹的憤怒。

老是利用過往者的怒氣與怨念，這亡靈也太卑鄙了吧！

「牙！」米粒忽然看向祖凡，「祖凡！你撿到的東西呢？」

祖凡慌慌張張的從口袋裡拿出那三角形的錐狀物，我瞪大眼睛看著，是小山豬的斷牙！

「我、我不知道……」祖凡整張臉失去了血色。

『吼——』龐大的山豬忽然低吼，吼聲隆隆，二話不說又朝著米粒衝過來了！

「米粒！」我忍不住驚叫，但是我身後的小山豬也蜂擁而上，我拿著剛取下的香灰符，直接擋在自己面前！

小山豬一陣慘叫，向後紛紛彈射，接著嚇得落荒而逃，而攻擊米粒那隻巨大山豬尚未近身，就騰空向後翻了兩圈，重重的摔上地。

我錯愕的望著米粒，他連手都還沒有舉起來耶……香灰符尚未擋上，那山豬也摔得太慘了些。

「下去！」我厲聲一吼，要學生們往前奔去，後頭被山豬擋了路，不過這裡無論如何都會繞一圈回到出口。

他們聞聲就跑，我跑回去支援米粒，他正望著那隻掘地的山豬，滿臉困惑。說時遲那時快，它又衝了過來，我原本要拉著米粒跑的，他卻突然拉住我，站在原地動也不動。

「你在幹嘛！」我氣急敗壞的嚷著，看著山豬一蹬地就撲了過來。

只是在距離我們約五十公分處，有股莫名的力量，將山豬往後打得老遠，簡直像揮出一記全壘打似的。

這下換我瞠目結舌了。

「這個……」

「我沒做。」米粒舉起雙手，他手仍綑著平安符。「我就只是站著，有東西在保護我們。」

我朝他瞟了眼，不自覺往一邊瞧，遠處那山豬哀鳴得可憐，好不容易連滾帶爬的起身，竟往反方向竄逃而去。

「香腸跟炸卵……還有那杯茶。」我能想到的除了食物還是食物，「吃進肚子裡，化為身體的一部分。」

「那個老闆娘不是普通人，她刻意讓我們喝茶的。」米粒望著自己的雙手，「我的身體在發熱。」

我握了握拳，同意的點了點頭，我也是。

「所以……他們都吃了香腸，我們只要在樓梯上方等他們就好了嗎？」

米粒點了點頭，認真的望著我。「萬一關鍵是茶怎麼辦？」

「呀——」

慘叫聲頓時劃破天際，我跟米粒驚跳而起，該死！關鍵還真的是那杯茶！

我們尾隨著大山豬而去，它往反方向不是逃跑，而是去圍剿正準備從那裡逃出來的學生！我邊跑邊回頭，發現那隻美人爛魚早就不見了！

轉了好幾個彎，我們迎面撞上小可，大家差點摔成一團，我趕緊握住她的手，卻發現小可的手黏膩得幾乎讓我抓不住。

鮮紅的血染滿她的雙手，我詫異的望著她們，就連小K也渾身是血。

「其他人呢？」男生都不見了。

「……」小可張著唇想說話，卻只有顫抖跟喘息。

小K單手指向後方，眼神裡盈滿恐懼。

米粒立刻把兩個女孩塞給我，移身往前奔去，不過沒跑兩步，就看見踉蹌的人影奔至，是文浩，他身邊攙著全身染滿血的書緯。

「逃……快逃！」文浩大喊著，書緯右手摀著肚子，那裡頭湧出源源不絕的鮮血。

米粒迎上前及時抱住了腿軟的他，後頭傳來隆隆聲響，是那隻大山豬以及一堆小山豬，正朝我們奔來。

「下去！」米粒大喊著，這裡離出口不遠了。

「我擋著，你帶他們先下去！」仗著那杯茶，我現在至少擋得住那些山豬。

「小心點！」米粒直接扛起書緯，趕緊往後頭先閃。

前頭是處彎道，我聽著聲音愈來愈近，看著一頭龐大的山豬……噢，它的獠牙上刺穿著一個男生的身體，祖凡就掛在上頭，心臟被穿了個洞，像飾品般掛在獠牙上。

白色的牙染上了鮮紅，祖凡是由後被刺穿，他瞪大著的雙眼，彷彿正凝視著我！山豬沒有衝撞上來，它反而緊急停下，應該是認得我們身上有東西在護著，不敢躁進。

它身上坐著那個亡靈，亡靈看起來正疑惑的望著我，然後吃力的爬上山豬牙，來到祖凡身邊。

『我的……』她這麼說，並輕撫著牙上的祖凡，而手裡緊握著刀子。

我知道祖凡已經沒有呼吸，他死前如何驚恐，從臉部表情能略知一二；現在亡靈正用手上的尖刀，要把眼珠子挖出來。

眼球離開眼窩時發出啵的一聲，亡靈將眼球拉出，使勁扯斷神經，再把自己眼窩裡的海草拔掉；她拔出海草時跟著滾出一堆貝類，大量的海水從裡頭湧出，還有許多黑色的沙子。

或許，那該稱之為死意。

我眼睜睜看著她挖出祖凡的一對眼珠子，裝進自己的眼窩，與她的屍體融為一體；她再拿起手上的刀子往祖凡身上戳刺，一刀接著一刀，表情帶著近似甜美幸福的笑容。

『還有呢……』她這麼說著，眼神準確的看向了我。『我們約好……要在一起的。』

「冤有頭債有主，妳根本是在濫殺無辜。」我瞇起眼睨著她，她太執著。

『他們說會陪我去死的。』

女孩揚起了一抹笑，笑裡揉合了悲苦與甜蜜。

我不再說話，緩緩的後退，到了彎道後便頭也不回的拔腿狂奔，一路往樓梯下跑去；米粒就站在樓梯邊等著接應我，我一衝出來就被他牽握住，疾速的往樓下繼續狂奔。

文浩跟小K已經各自騎上機車，蓄勢待發，米粒要我自己騎一輛，他必須載傷重的書緯。

「書緯怎麼了？」

「肚子有一個大洞，血流不止，必須先送他去醫院。」米粒跳上機車，我也趕緊發動摩托車。

可是，我聽見隆隆聲響，自上方傳來。

那群山豬，竟然從山上追下來了！

「該死！快走！」顧不得其他，我們連迴轉的機會都沒有，直直就往前衝！

那個亡靈，打算趕盡殺絕了嗎！

第六章・王子

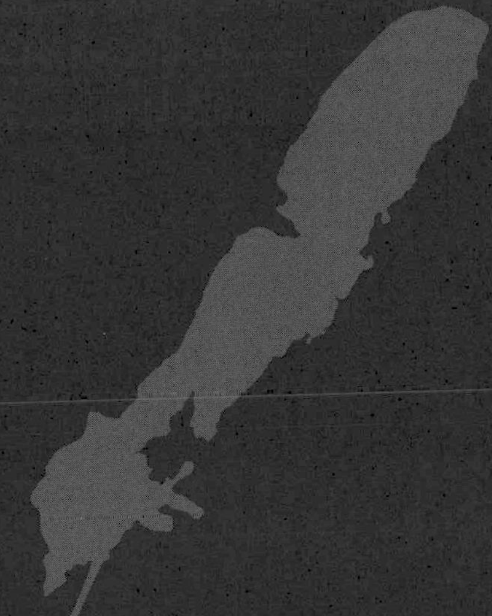

四輛機車在路上狂飆，明明轉晴的天空又開始烏雲密布，豆大的雨點開始灑落，我們只顧著往前騎，根本沒有空穿雨衣。

從後照鏡裡可以看見狂奔的山豬靈，但如果真的回頭卻什麼也瞧不見，即使如此我們還是認為騎快點比較好，因為後面那股莫名的壓力是的的確確存在的！

「啊呀——呀——」中間的小K突然發出尖銳刺耳的叫聲，緊接著她龍頭一歪，開始在路中蛇行！

「幹什麼！」我急忙放慢速度，好跟她並行！

「她坐在我後面、我後面啊！」小K嚇得僵直雙手，眼睛根本沒看路！

我詫異的望向小K空著的後座，我並沒有瞧見什麼，不過……將機車移近，我可以從我的後照鏡裡，瞧見就坐在她身後的亡靈。

「張大眼睛往前看！不要瞄後照鏡，不要她還沒出手妳就自己摔車了！」我大聲喊著，小K立刻把後照鏡轉開！

我從後照鏡裡望著那個女孩。她狀似親暱的緊緊環抱住小K，絕對不算好看的臉龐由後湊近，甚至貼上了小K的肩頭。

現實中的小K腰際果然有被東西束縛的感覺，她哭喪著臉往前騎，淚流滿面的低泣著，眼尾不停的瞄向我。

小K知道，有東西抱著她。

「安姐！看前面！」文浩的聲音傳來，我趕緊扶正龍頭，注意到米粒的車子向左急彎，所以我們趕緊跟上。

我趁機刻意減速，來到小K的車子後方，拿出香腸攤老闆娘給我們的小金墜，準備往那美人魚身上戴！

沒想到，我的機車像被人踹了一腳，頓時失去重心，整輛車向右打滑！天！我趕緊握住龍頭，車子還在濕滑的路上歪扭，眼前就是一個斜陡坡，我把煞車壓緊，卻依然穩不住車子。

那亡靈對我的車子動手腳了！

「安……安？」小可的聲音由後追上，但已無暇顧及她，我完全穩不住機車，眼看著就要摔車了！

一隻大手飛快的握住我的龍頭，硬將我的車頭扶正，我嚇得趕緊穩住身子，將煞車壓到底，盡可能讓車子筆直的往下滑。

右手邊持穩的機車是文浩，他騰出手來制衡我的龍頭，他身後的小可則努力的移前，由她來控制他們的機車。

「米粒大哥停了！」小可說著，喚回我們的注意力。

米粒沒有選在醫院停下，而是選在一個像民宿的地方，他摩托車一扔就把書緯橫抱而起，往下頭看起來像小木屋的地方衝去；我跟他們也都下了車，唯有小K，一個人停在一旁，僵直的坐在機車上。

「小K，傻了啊！快點走啦！」小可邊跑邊喊。

「我……我下不來！」小K用力緊閉雙眼，淚水滴了出來。

「什麼啦！」不明所以，文浩他們倆又急又氣的停下腳步，望著雙手還緊扣著龍頭的小K。

「你們先走。」我知道，亡靈還抱著她。

小K的腰被緊緊束住，我可以看見凹下去的肚皮，她臉色漲紅，看來亡靈沒有給她太多呼吸的空間。

我取出隨身的小鏡子，走到小K身邊，她已經開始喘氣，上氣不接下氣的望著我。

「我……我快不能……不能呼吸了！」她哽咽著，連話都說不流暢。

「噓……別緊張。」我拿起鏡子，準備照出那亡靈究竟現在在做什麼。

才一舉起，我連位置都還沒抓準，那亡靈的臉忽然朝我衝過來，張大了嘴似是要咬下我的耳朵，我被畫面衝擊得鬆開鏡子，倏地回首，瞬間感覺到我的鼻尖貼上了濕滑的臉龐。

不過我的右手沒閒著，早在回首之際，我就把小小的金墜用力往面前的空氣塞去。

濕黏的觸感頓時消失，小Ｋ頓時大大的鬆了口氣，她倉皇的跳下車，沒命的拉著我就往前奔馳。

我手上還殘留那種詭異奇特的觸感，好像隻手穿進了某個人的身體裡，冰冷的、黏滑的，然後它又從我手上彈開。

「這裡！」小可的聲音從遠方傳來，她站在一棟小木屋前揮手。

我發現這是一個佔地廣大的度假村，事實上我們沒有經過櫃檯，而是直接從一旁的小徑，踩過花圃跟圍籬鑽進度假村的小木屋。

我被拉進木屋裡時，失足跌坐在地，身後的門砰的關上，文浩機靈的把梳妝台推到門口擋著，米粒則拿出油漆筆又開始在上頭寫起密密麻麻的經文。

「安姐姐，妳沒事吧？」小可跑過來，將我扶起。

「沒事……」雖然全身濕透，但我知道我嚇得一身都是汗。「剛剛謝謝你們。」

「是我們要謝謝你們才對。」小可緊抿著唇，我知道她在忍著哭。

小K趴在床上放聲大哭，她算是剛死裡逃生的人，不知道那亡靈是否打算活活將她掐死，或是……想要她身體的哪個部分。

我們身在一棟像太空艙的小木屋裡，一旁就是大海，小木屋裡是木板地，鋪了四張床墊，有點像通鋪般的擺設，卻是厚實的彈簧床墊；地板上有些沙子，大概在海邊，在所難免。

書緯被放在一張大床上，紅血瞬間染滿床單，我趕緊隨手抽條被子往他的傷口上壓，但那窟窿太大，根本止不住血。

「米粒！怎麼不去醫院？」

「醫院在哪裡誰知道，後有追兵，要先找地方躲才是！」米粒回過身，「要先顧及存活率大的人！」

我看著堅定的他，的確，跟我們比起來，書緯的存活機會是小了許多。

「那現在怎麼辦？眼睜睜看著他死嗎？」小K哭了起來，畢竟是交往多年的男友。

「妳要的話，可以出去，送他去醫院。」米粒沉穩的說著，彷彿寫下最後一筆，然後吁了口氣。

面對米粒近乎無情的言語，學生們都顯得一臉不可思議，她們拚命在傷口上加壓，而文浩則跳起來去跟米粒理論。

「你為什麼要這樣說話！因為書緯可能會死，所以就不管他了嗎？」文浩揪起了米粒的衣領，「難道沒有兩全其美的辦法，試著讓大家都沒事嗎？」

「有辦法的話，你想。」米粒睨著文浩，「我不做試圖保下所有人的行動。」

他瞥了我一眼，我知道，對米粒而言，我是最優先的。

米粒是異常的明哲保身型，他不喜歡干涉別人的事，也不走大愛路線，對他來說，只重視自己所愛的人；像這次試圖幫助小可他們也是因為我提議，他才附和。因為，世界上沒有每個人都會幸福的路，他沒有必要去在乎別人的人生跟性命，插手別人的事，說不定只會換得更悲慘的下場而已。

「咎由自取」，他對於小可他們的評價定是如此。

「你是想怎樣！」面對米粒的冷漠，熱血青年只有更憤慨的份。

「我再說一次，你們如果這麼珍惜朋友，如此重視他的性命，我並沒有阻止你們送他去醫院。」米粒倏地抬起左手，箝住揪著他衣領的那雙手。「不過，不要說那些冠冕堂皇的漂亮話，期待外人幫你們做些什麼。」

就在須臾剎那間，米粒扭開文浩的手，用我們都看不清楚的動作，將他狠狠的往地上摔。

米粒是跆拳道黑帶，文浩的威脅他一開始就不放在眼裡。

被摔上地的文浩緊握著拳使勁捶向地板，他爬到書緯身邊，大家都在哭，卻沒有人真的把他抱起，往醫院送。

沒有人敢出這道門，但他們卻希望米粒這麼做。

我起身來到他身邊，用擁抱安撫他，米粒心口有一道傷，即使已結痂，但那道痂就是存在著，成為他一輩子的傷痛。

「書緯！」

書緯全身開始抽搐，可能差不多了。

「用手機！打電話叫救護車！」小可總算想到一個法子，她拿出手機，飛快的按下三個按鍵。

米粒依然守在門口，正抽空喝水，我看著小可打了又打，開始搖晃手機，便知道這裡是收不到訊號的。

「打不通啊！」小可焦急的喊著，「不是說沒有訊號也能撥嗎？」

「到窗邊試試！」小K大吼著，她死命的以全身力量加壓。

小可衝到窗邊，她一邊按著一一九，一邊努力把手機貼近窗戶，直到外頭倏地飄來一道人影！

「哇呀！」小可嚇得摔飛了手機，窗邊的人影清晰可見，她整個人向後踉蹌，床上的小K也嚇得直打哆嗦。

窗外的人影緩緩貼近窗子，她的臉貼在毛玻璃窗上，明亮的雙眼努力的打量著裡面。

「哇……走開走開！」小可爬到床上去，抓過枕頭往窗子扔。

外頭的人影舉起手，開始叩、叩、叩的敲著窗戶。

『開……開門啊……』小冰的聲音清楚的飄了進來，『說好一……起……死的……』

「滾開！妳這個爛咖！」小K氣急敗壞的跳起來，一骨碌衝到窗邊。

「我是妳的話，不會做開窗戶這種蠢事。」米粒忽然插入這麼一句，止住了小K衝動的舉動。

他們在驚嚇中回神，小可連忙上前把小K拖離窗戶邊，外頭的女孩開始咯咯笑著，繼續叩著窗戶

米粒忽然把我往後頭的牆推，我狐疑的看著他的動作，才發現他正緊握著筆……窗戶沒有寫上咒文！

所以下一秒，窗戶唰的被打開了！

房裡因為過度的驚嚇而沒有半點叫聲，大家都呆然的望著那被推開的玻璃窗，亡靈就站在窗邊，咧開嘴笑看著每一個人……但是很明顯的，掃過一周後，她的眼神專注在眼前的三個學生。

因此，米粒退了一步，沉下雙眸。

「米粒。」我揪住他的手，「別這樣。」

「她的目標不是我們，她現在看得清了。」

「我們都出手了，幫人就幫到底吧。」我柔聲的問著，事實上我了解他也正在掙扎。

「這是他們自找的，說不定他們命該如此，我們不該插手！」米粒深吸了一口氣，「不該干預他人的生死。」

我想要往前，他卻使勁的擋下了我。

「米粒！我們不能什麼都不做啊！」難道要我眼睜睜的看著那惡靈展開屠殺嗎？我並不是熱血的人，但也不至於見血不救！

「有時候什麼都不做才是對的！」第一次，這是米粒第一次對我大吼。

他使勁捶著牆壁，低咒了好幾聲，我聽見他的心在哭泣。眼下的狀況刺痛他心口上的痂，提醒了他過往的痛。

我看著床上的學生開始往後移，他們驚恐的望著窗戶，所幸窗外還有鐵欄杆，不至於讓那莫名的死靈如此輕鬆的進入房間。

床上躺著已經氣絕的書緯，我相信小可他們還沒發現，書緯兩眼直瞪著天花板，再也沒有呼吸了，不過他的同學還在忙著逃出生天。

一整床的鮮血，被單塞在他肚子裡的窟窿，放眼望去都是血紅一片。

「妳到底是誰！我們又不認識妳！」小K隨手抓住東西就往外扔。

『嘻……說好一起死的啊！』女孩笑瞇了眼，然後把頭往欄杆上撞。

只是她沒有撞上欄杆，而是往兩根杆子的縫隙裡鑽，她的頭忽然跟橡皮球一樣，啵溜一聲就鑽進了欄杆中間！

眼看著，亡靈整顆頭都咕溜的進到房間裡來了！頸子以外雖然還在外頭，但她慢慢的把右手也伸進來，身子極易變形般的柔軟，輕而易舉的將自己送進裡面。隨著推擠變形，她借來的皮膚或有損毀，便一塊塊掉在屋內的地板上。

「天哪——哇啊啊——」文浩的喊聲跟雞叫似的難聽，他跳了起來，扯下床前的檯燈，意圖把擠進來的頭塞出去。

我趕緊衝上前，不能讓他一個人這樣莽撞。

但是有個人更快，我的肩膀被人向後一拽，往後踉踉蹌蹌的撞上牆壁，高大的身影疾步向前，手裡搖著礦泉水瓶，厲聲的叫文浩滾到一邊去。

『滾開——』女孩那顆頭轉了九十度瞪向米粒，張牙舞爪的喊著。

「渴了嗎？」米粒二話不說，拿著手裡的礦泉水就往她大吼的嘴裡倒。

『嘎呀——嘎嘎——』女孩發出嘔啞嘈雜的慘叫聲，瘋也似的顫動，她身上的爛泥腐肉彈射了一地，接著掙扎般的飛快縮了回去，幾乎是逃難似的消失在窗外。

她遺留了一顆眼珠子跟一堆屍肉，還有幾條發臭的小魚跟水草……當然，還有一大灘的海水。

米粒奮力的把窗子關上，上鉤鎖，搖了搖手裡的油漆筆，視若無睹的踩上屍肉爛泥，開始在窗邊繼續寫經文。

我難受的掛上微笑，他是那樣善良的人，卻因過往的痛所牽絆，這樣的天人交戰對他來說才是真正痛苦的折磨。

床上的學生們從呆傻到大哭，連文浩也忍不住拚命捶著床鋪發洩，我上前為書緯闔上雙眼，這個動作是提醒他們關於已經逝世的同學；果不其然，小可這才察覺書緯已失血過多，我想讓他們一次哭完，省得情緒崩潰時難以處理。

我扯下一條床單，將地板上一堆噁心腥臭的東西蓋上，接著踩著它們來到我深愛的男人身邊。

不需言語，我只是環住他，他就能知道我的用意。

「說不定我會後悔。」他一邊寫著，一邊擰著眉說道。

「到時再做打算吧！」我還是不問他心口上的痂。

「有時候後悔是一輩子的事……」他瞥了我一眼，「就算後悔一輩子也無法挽回。」

我微笑，我能給的只有這樣。

「我剛把香灰倒進水裡給她喝了，現在只剩下半瓶，妳那包香灰要好好留著。」

他把水交給我，我妥善收好。

這裡的鬼，交給這裡的神嗎？

他轉回頭去繼續寫，在窗戶上寫滿經文，不讓亡靈有機可乘；而小可他們為書緯覆上白布，每個人都哭啞了嗓子。

我在冰箱裡拿了附送的飲料讓大家喝，米粒忙完窗戶又到廁所去封最後一扇窗，按照亡靈如此「隨和」的身體，只怕廁所窗子再高她都能滑進來。

這裡事情鬧得這麼大，度假村卻沒人發現，不是佔地太大，就是鬼遮了眼。

「好了！認真一點，就剩你們三個人了！」米粒終於忙完，累得靠著牆滑下，坐在地板上。「誰跟那女生約好一起死！」

我們就坐在門後，一來可以觀察到門縫下的動靜，二來也可以看顧所有的人。

「誰會做這麼無聊的事啊！」小可由恐懼進階到憤怒了，「活得好好的幹嘛要自殺！還約好了，又不是揪團！」

「就是啊！我、我最討厭那些自殺的人了，只顧著逃避，完全沒有考慮到被留下的家人，我怎麼會去做這種事！」不愧是情人，文浩的口吻也開始忿忿不平。有怒氣是好的，這樣接下來再有狀況，怒氣能化為支撐的勇氣。

「哪有那種蠢事，約好一起死……」小K望著自己的情人，早已泣不成聲。「要死就自己去死，為什麼要拖——」

她原本想大吼的，但是張大的嘴卻哽住。

我瞧見她微顫了一下身子，雙眼也瞬間瞠大，那模樣彷彿想起什麼似的，一時啞口無言。

「小K？」我溫聲問著，此時門縫下有影子一閃而過。

又回來了。

「怎麼了嗎？」小可用膝蓋跪走到小K身邊，她開始因緊張而大口喘氣，喃喃唸著不可能。

「不可能不可能啊……那是開玩笑的！」小K絞著衣角，拚命的搖頭。「難道說，她死了？」

「誰？妳在說什麼啦！」文浩也爬到她跟前，「妳跟人家約好一起自殺？」

「沒有！那只是好玩而已！」小K驚恐的說著，「你們記得嗎？前不久我們在聊天室遇到一個女生，一直說自己是海底公主那個！」

小可跟文浩先是疑惑的面面相覷，然後小K再說了哪個聊天室、大概幾個月前的事情，接著是小可「啊」了一聲，緊接著連文浩也想起來了。

「妳有跟那個叫 Mermaid 的女生聊？」小可顯得不可思議，「不是說不要鬧她了嗎？」

「大家都有！我們輪流跟她聊天的！」小K開始慌張起來，「因為那個女生很好笑，我們覺得她是宅女又神經錯亂，就假裝跟她玩下去，她很好騙嘛……就只是聊天而已！」

「有沒有搞錯啊！什麼叫輪流？」文浩用力扳過小K的雙臂，「不只妳跟她玩？」

「就我們啊！扣掉你們兩個，博鈞說不要找你們兩個，說你們兩個是什麼道貌岸然，太嚴肅就不好玩了！」小K咬了咬唇，「這太扯了，應該不是她吧？」

我轉頭看向米粒，他的雙眼黯淡，冷漠的瞪著小K，果然正如他所說，咎由自取。

我嘆口氣，只好上前。

「你們不知道，人魚英文就是 Mermaid 嗎？」這一切都是跟童話相關的，「她爬上大海，就是為了尋找愛慕的王子；用法力跟聲音換取雙腳，最後王子卻移情別戀愛上鄰國公主；人魚的姊妹用長髮跟巫婆換了把刀子，唯有殺掉王子，用王子的鮮血抹上雙腳，她才能回到海裡……當然故事的最後是人魚公主寧可化為泡沫也不願意殺掉愛人。」

「那是天真版，真實版是人魚公主刺殺不成，反被以謀殺罪關起來，最後活生生被絞死在王子面前。」米粒在後頭涼涼的補充，「所以，你們跟那個 Mermaid 聊了什麼？又是用什麼身分去跟她聊？」

小K惶恐的看了我們一眼，全身都在顫抖。

「我、我們用一個男生的帳號跟照片去跟她聊……但是是她先找我們聊天的，我們覺得她很好笑，一天到晚說自己是美女，是海裡的公主，有一天會被接進海底什麼的……」小K開始哭泣，「我們就跟她演下去啊……說好聽話、聽她講心事，跟男女朋友一樣……像是虛擬情人，她也很入迷！」

「哎喲！我不是說過不要這樣玩嗎！」小可帶著責備般的瞪著小K，「不管怎麼樣，那個人一定很單純，你們不該這樣騙人家！」

「拜託！你們該不會用我申請的那個帳號吧！」文浩連罵了好幾聲幹，「這樣我就知道為什麼她連我們都扯進去了！」

「真的只是好玩啊！前不久她說她可能會回去海底，就問說要不要跟她一起走……當時跟她聊的是博鈞，他一開始有好奇的問對方要怎麼回去，那個女生說拋棄肉體就能回去了，希望我們能跟她一起走。」小K抿了抿唇，難受的深呼吸。「季安答應了……她連時間都敲好，說就那兩三天，還把地址跟電話給我們，要我們記得趕過去，才能一起離開……那時博鈞跟我們說時，我們只是當成笑話一樣！」

「那後來呢？」真糟，我看八九不離十就是那個女孩了！

「後來……Mermaid就沒再上過線了！而且博鈞也封鎖她，他說不想再跟神經病聊了。」

我從背包裡拿出紙筆，遞給小K。「把Mermaid的姓名跟地址給我。」

她愕然的望著我，再看著便條紙，為難的搖著頭。「我不知道啊，那次是博鈞跟她聯絡的，我們不在場！」

「電腦呢！對話有紀錄吧！」文浩趕緊提出意見，「我們宿舍的電腦有固定IP，可以連結遠端桌面！」

「那就還要有電腦。」米粒往門外看去，這表示我們不能在這裡躲一輩子。

那個女孩可能真的自殺了，但苦等不到她心中的王子，所以上岸來尋找跟她約定好的人。

這就是她口中的被拋棄，為什麼要扔下她一個人，明明說好一起死的。

姑且不論她是不是想法有點詭異，但她認定的世界就是那樣，她回到海底，但是心上人欺騙了她。

「不管你們是不是因為好玩，事實上你們就是玩弄欺騙了一個人的感情！現在的人都會說是對方笨、活該、花痴或是一廂情願，可是那就是她接收到的訊息。」米粒站了起來，用不屑的眼神看著小Ｋ。「現在搞成這樣，你們還說得出那是開玩笑的嗎？去跟那位公主說說吧！」

小Ｋ頹喪的掩面哭泣，我想她真的沒有想過會是這樣的結果，大家真的只是覺得好玩而已，用好玩跟有趣兩個字，好像是免死金牌一樣，可以任意的玩弄他人的情感。

我指的不只是愛情，所有人類的感情都一樣，自以為熟的朋友開過分惡劣的玩笑、自以為聰明的人在網路上開多個分身，跟妹談情說愛；大家都覺得這是你情我願，最愛用的詞是「認真的人就輸了」。

現在這當口，我看認真的人倒是佔了幾分贏面，因為已經死了五個人。若非她是惡靈，我還挺讚賞她認真執著的態度。

「等等……那這樣關我們什麼事？」小可發難了，「我跟文浩從頭到尾都沒在玩，除了一開始跟她聊天之外……那時我們沒騙她啊！」

「靠！該不會就因為帳號是我請的吧！」文浩呼天搶地的，不甘願的望向米粒。

「猜不透，我不會讀鬼的心。」我聳了聳肩，「不過有可能因為一開始你們跟她聊過，所以她就把你們都視為一體！」

「怎麼這樣！」文浩氣得踹了床，「小Ｋ，你們到底在搞什麼鬼啦！就說不要玩不要玩，還說我跟小可裝清高！」

「我怎麼知道會是這樣……那個人老是說有人要帶她回海底，這不是神經病是什麼！誰會信她的話啊！」

「噓——」米粒忽然食指擱上唇，「妳現在該開始相信了。」

我們的門外，站了個人影，它已經站了好一會兒，水聲滴答滴答的傳來，從門縫開始滲流進來。

橫豎都得出去，問題是要怎麼平安的出去。

「香灰水還有半瓶……早知道多請兩個平安符！」米粒嘆了口氣，我們都不是專業人士，第一次沒有炎亭而涉險，回頭想想，我們似乎真的太莽撞了。

「小可、小K，幫忙把床單撕開，做成一條繩子，綁牢一點。」我們開始動作，必須為自己爭取幾秒鐘的時間。「做細一點，我要細繩。」

學生們應聲點頭，氣氛有點僵擰，因為文浩跟小可覺得自己是無辜的受害者，而小K則背上了罪。

米粒一個人跪在地上，拿出佛珠虔誠的默禱，門外陸續傳來撞擊聲，大家盡量無視那些聲音。

我把旅館裡都有的電熱水壺拿出來，將那瓶香灰水倒進去，拿著小可她們編好的細繩泡進去，擰乾，接著再把殘餘的水倒回瓶子裡，一滴都不能浪費。儘管大家都寧願待在這裡，但誰都知道不可能待一輩子。

我把繩子交給米粒，手裡握著那金色的觀音像墜，要三個學生站在一旁準備妥當。

當梳妝台搬開時，撞擊門的聲音陡然停止，死靈像是預知了我們接下來的動作，連門縫下的影子都消失了。

窗戶邊、門外，都沒了影子，我們都覺得相當奇怪，但是不敢掉以輕心。

「米粒大哥……」小可忽然怯生生的抬首，「你、你是不是麻豆啊？」

米粒瞟了她一眼，根本懶得回答這種非生死相關的問題。

她求助般的看著我，我勉強點了頭，現在什麼時候了，拜託不要看我的男人看得這麼專心。

「那個……」小可回首看了文浩，拉著他的袖子，兩個人推來推去的。

「有什麼話快說。」米粒不耐煩的瞪著他們兩個。

結果這一喊，他們小倆口卻反而一個字都說不出來，最後是一旁的小K面有難色的開口：「我們放的男生照片，好像是你的耶！」

第七章・血染

如果世道允許的話，在米粒掐死他們之前，我覺得我會先動手。我跟米粒瞪大了眼睛看著眼前三名學生，他們拿米粒的照片當成自己的照片？那米粒不就成了花心的王子，我就是那個該死的鄰國公主？依照那個腐爛的人魚公主心態，她百分之百會先把情敵幹掉，再把帥氣的王子帶回海底！她要是願意成為泡沫消失的話，就不會從海裡爬回來了！

「我現在就想把你們推出去送死！」米粒咬牙切齒的說著。

「我們是在網路上找到的照片！」小可趕緊告饒，「所以昨天在民宿看見你們時，才會很興奮！」

「我一點都不覺得興奮。」我滿腔怒火，我跟米粒才叫做無辜的吧！

三個學生噤聲不敢說話，至少我現在明白為什麼那死靈對我有獨特的恨意，我是鄰國的公主，把她心愛的王子搶走了。

「外面好像沒聲音？為什麼？」小可好奇的問著，連水都沒有再滲入了。「是不是有人來了，把她嚇走了。」

「我不認為有這麼簡單。」米粒嘴上這麼說，但也無法判定為什麼外頭風平浪靜。

彎身探看一下，門縫下很光亮，真的沒有什麼人影還在，但是誰也不敢保證對方是不是躲在門邊，就等我們開門。

「喂！你去那邊看看！」

「先報警吧！沿路都是血！」

咦！有人發現了！我們覺得黑暗中露出一線生機，果然有人注意到傾倒的摩托車，還有一路上怵目驚心的血跡了！

砰！門板忽然被用力的敲了一下，緊接著是扭動門把的聲音，然後是使勁的撞擊。

「幹！裡面是瞎郎？」（裡面是什麼人）外面是個男人，低沉粗魯的吼著。「嘎哇出來！快點！」（給我出來！快點！）

「先生！對不起，情況緊急，我們這裡有傷患！」米粒高聲回應。

「蝦米碗糕啦！你們竟然自己這樣闖入，我跟你說喔，我們已經報警了！」

「對不起，我們這就出來！」米粒朝著文浩點了頭，他小心翼翼的往前想將梳妝台再搬開一些，卻立刻被我阻止。

我指了指地上，總覺得應該要再三確認才是。

文浩緩緩彎下身子，趴在地上往外望去，我也跟著探視，門縫下的確透著光亮，看來是真的有人發現，所以死靈暫時隱匿起來。

我才準備起身，一雙凸目眼赫然塞到了門縫底下！

『找到了——』女孩咧開大嘴，那手咕溜著自門縫底下滑進，瞬間就攫住了文浩的臉！

「哇啊啊——」他整張臉被腐手覆蓋住，死靈抓緊他的頭就向門底下拖去。「嗚嗚嗚——」

他說不出話來，只怕連呼吸都有困難了！小可衝上前拉住他，事實上文浩也不可能跟死靈一樣從縫裡壓來扁去的，他可是個活生生的人啊！

「把梳妝台撤開！」米粒急著踢開梳妝台，小K跟我連忙把東西搬開，可是現下文浩卡在門這兒，我們根本無法把門打開！

他死命掙扎著，臉色開始發紫，他無法吸入空氣，死靈打算活生生悶死他嗎？

情急之下，我搶下米粒手上的繩子，二話不說繫住了死靈的手腕。

『嘎——』外頭果然一聲慘叫，死靈隨即鬆開手，卻也往後一抽，導致繩子全被往外拖，如果不是小K眼明手快的拉住繩子末端，我們就失去了好東西！

小K盡力把繩子繞了好幾圈在手腕上，外頭的死靈在跟她進行拔河競賽，慘叫聲不絕於耳，文浩在一旁拚命的咳嗽換氣，還順道吐了一地。

「搶不贏她的！」米粒也開始幫忙拉扯繩子，大概是這泡過香灰水的繩子能傷著死靈，她沒有太大的抵抗能力。

不過拉沒多久，繩子忽然一鬆，米粒瞬間拉過了整條繩子，我們這才發現死靈掙脫了。

大家相互看了一眼，尚未來得及反應，門「砰」的一聲應聲而開！

死靈站在門口，她看起來盛怒非常，被繩子套過的手腕跟喝過香灰水的嘴都已經見骨，她雙目盈滿殺意，發出尖銳刺耳的咆哮！

「走！」米粒一把扯過繩子，往死靈面前揮去。

她果然畏懼般的閃躲，小K趁隙從門邊鑽逃出去，緊接著是小可跟驚魂未定的文浩，但是當米粒要離開時，死靈的左手卻硬生生抓住了他。

「安！」米粒大喊著，我正蹲在地上，剛把結給紮好。

「好了！」我回應著，繩子末端繫了個重物，米粒拉過繩子一甩，就跟牛仔套繩索一樣，繩子繞在死靈的腰上，還纏繞了好幾圈。

『不不——』她發出驚恐的叫聲，全身開始扭曲，我看著繩子分解她殘餘的肉，在門邊跳著怪異的舞蹈。

我跟米粒趁亂逃出時，在小木屋外發現一具陌生的屍體，高大的男人胸口插了把銀色的匕首，看來是剛被死靈殺死的！

「這邊！」小可在高處大喊著，我們顧不得其他的往上跑去，度假村的人員聽見聲音奔了出來，一邊吆喝我們站住。

我邊跑邊回首看著死靈，她扭動身子，忽然疾速衝向小木屋旁的斷崖邊，跟著縱身一躍——

「米粒！看！」我扯住了他，要他抓緊。

死靈的身子在半空中化為人身魚尾，那繩子順著魚尾鬆脫滑下，那抹身影往海底落去，最後傳來一聲我們都熟悉的聲音。

啪！

※　※　※

美人魚回到了大海，海能給她力量，她只要王子的鮮血塗抹於腳上便可重新回到大海，故事裡的美人魚沒有這麼做，她選擇投身入海，化為泡沫而亡。

另一說是放棄殺害王子，卻被以謀殺王族的罪名起訴，活活在王子面前被絞死。

不管哪一個，都跟我們這一版相去甚遠！

我們這位人魚公主已經殺了好幾位王子，這些血足夠她游回大海好幾次，而且事情還沒完，因為跟她約定要一起沉入大海的是一群愛網路聊天的學生，他們做著每個學生都會做的事，偶爾無聊鬧鬧，耍弄一下網友，心想反正隔著網路，在虛擬空間裡愛幹嘛就幹嘛。

結果，惹上了一個死亡的惡靈，後悔也來不及。

女孩一定會再回來，她只是暫時避走而已，我們狼狽的扶起機車，簡直是倉皇逃逸，因為不走的話……只怕小木屋裡外兩具屍體要交代很久很久。

我們騎上坡道時我看見度假村裡的人奔至，他們有人見著我們出來吆喝，有人正往小木屋那兒去，對於他們同伴的意外傷亡，我只能抱歉。

車子疾速的騎離度假村，我們打算回民宿去用電腦，至少找到女孩的姓名，多得一條線索也好。

大雨滂沱，幾乎要瞧不清眼前的視線，我騎著機車，全身凍得瑟縮發抖，腦子裡還在想著，那亡靈剛想對米粒怎麼樣？為什麼這群學生偏偏拿到的是米粒的照片！

景物在大雨中逐漸模糊，我們蓋上前罩依然看不太清，所以大家不由得放慢速度，就怕不小心摔車；小琉球是個珊瑚礁島，具有山勢的地形，我們就像騎在山中一樣，荒涼無人跡。

我注意著周遭，卻驚見前方站了一個人影。

有個人像人形立牌一樣，直挺挺的站著，卻低垂著頭，右手跟身體垂直，指向了前方，它當然渾身是水，可是卻灰色得不像這世界的人！

「米粒！」我加速迎上前，「前面有什麼嗎？」

「先回民宿再說。」他大聲回應著我，然後卻一怔，越過我往後方看去。

這嚇得我立刻回首，我又看見另一個灰色的人影站在翠綠的樹前，依然像個人形標牌，指向前方。

不同的人，但都是男孩，其中有一個肚子有個窟窿，是……是書緯！

「停！停車！」我忍不住高喊著，車子一拐，就著一旁停下來！

米粒也停到我身邊，為我打傘，好方便查看地圖，小可他們的車調頭回來，不明白我們為什麼突然停下。

「怎麼了！不是要回去嗎？」小K大吼著。

「不……不回去了。」我抬起頭，米粒在我身邊，我眼前卻塞了好幾個人。

在我正前方的三個活人，以及站在他們身後那灰壓壓又濕漉漉的同學，死魚眼向上吊著，每個人的手不約而同的指向山上。

又珊、祖凡及書緯。

「我們要去美人洞。」我把地圖折起來。

「現……現在？」小可白著一張臉。

「你們的同學很急，每個人都指著美人洞的方向……」我越過他們，往後頭看去，這讓小可他們慌亂的擠在一起，沒有勇氣回頭。

「那裡是觀光點，有地方遮雨時，我們再打電話。」米粒也做了決斷，「打電話找人連結你們的遠端桌面，把那則訊息調出來！」

「一定要這麼急嗎？我們可以先回民宿，休息一下再出來吧！」小K整個人都慌了，一知道自己有極大的機率是下個目標時，她根本完全不想再涉險。

米粒壓根不想再聽她說話，喊了聲走，小可跟文浩反而很聽話，儘管每個人都哭紅了眼，但也願意繼續往前走。

「安姐姐，車子我來騎好了。」小可忽然走到我身邊，「妳跟米粒大哥坐一輛。」

我狐疑的望著她，怎麼突然……

「我們不是故意拿米粒大哥的照片當頭像的，真的很抱歉……」小可盈著淚水，輕推了我。「快點上車吧，別讓米粒大哥等。」

我微微一笑，他們現在已經做了最壞的打算，認定大家極有可能凶多吉少，要給我跟米粒多一點時間嗎？

很可愛，但是也太悲觀了，總是得求生到最後一刻，我跟米粒經歷過比這還慘烈的事情，我們沒這麼容易死。

不過我還是接受了她的好意，騎上米粒的車，緊緊的抱著他。

米粒什麼也沒問，我們前往美人洞，小K再不甘願也還是跟著我們走，一路上灰色的鬼影不間斷的指引方向，一路抵達美人洞。

這兒有許多景點，自然有許多遮蔽物，岩石上都是珊瑚的痕跡，能從遠處眺望海景，晴天來的話一定美不勝收。

「有訊號……」米粒找了個地方，便開始撥打電話。

大家都蜷縮在一起，被雨打濕的我們滿身寒意，每人身上染滿紅血，我攤開地圖看著，美人洞範圍很大，地圖上卻有個名字讓我覺得很奇怪。

「死囡仔坑」。

「這名字……真怪。」我指著地圖上的圖示，怎麼唸都是台語，國語的意思是死小孩。

提到死小孩就不免莞爾，彤大姐以前都叫炎亭死小孩。

「我們昨天有去這裡……一個下午都待在這裡玩跟拍照。」文浩指著那個坑，「聽說因為以前生女兒沒價值，如果生到第二個，就會把孩子扔到這個洞裡丟掉，所以才叫死囡仔坑。」

我定定的望著文浩，他被我看得很尷尬，也皺著眉回看我。「我說真的，不是我亂掰的！」

「我們有遇到一群遊客，他的導覽說的。」小可連忙附議。

我嘆了一口氣，其他地方都不必去，就是這個坑了。

「被……被扔下的意思嗎？」小K幽幽的出口，「那個女孩說她被拋棄了，所以、所以每個地方都跟拋棄有關？」

「嗯，應該是。」我肯定的點頭，這是那美人魚的執著之處。

「喂，誰來講電話，講一下遠端電腦的存取。」米粒拿著手機過來，小K猶豫了幾秒，上前接過電話。

「聯絡上誰幫忙？彤大姐嗎？」我憂心的問。

「找她是也可以，但我不想把她扯進這事情來，誰知道人魚公主會不會亂牽拖。」米粒抹了抹臉上的水，「我找了個被扯到也沒關係的人，那傢伙電話才通就知道我們惹禍上身了！」

我訝然的望著他，旋即了然於胸。「你台南的朋友。」

「嗯，有名字出來就好辦了，可以用名字來請四方鬼神幫忙……我朋友會幫我們處理。」米粒接著轉向小可他們，「接下來，是誰在這裡撿到白色的石子？」

「是小K他們。」

文浩飛快的從包包裡拿出一個用夾鍊袋封好的白色平滑石片，他接手了書緯的背包。

米粒拿過去，仔細的端詳一會兒，便收了下來。

「大哥，我們一定要進去嗎？」小可恐懼的問著，「如果我們就這樣不管，回民宿待著……」

「等人魚公主找上門嗎？這樣會牽扯到太多住宿的人，不好。」米粒搖了搖頭。

「不是這個意思……我們也不願意害到別人！只是、只是我不懂為什麼我們要舊地重遊！」小可囁嚅的咬了咬唇，「好像、好像……」

「在送死嗎？」我為她接了口。

小倆口倒抽一口氣，我只不過說出他們心裡的實話，竟還這麼心驚膽顫。

「因為你們撿到了關鍵的東西，烏鬼洞裡軍服的釦子、山豬溝的牙、死囡仔坑的白石，雖然我覺得有人刻意讓你們撿到，但該還給人家的還是得還。」米粒難得有耐性解釋，「不然人魚公主一定會操控死靈們作祟，到頭來害的還是別人。」

「刻意讓我們撿到……是那個女生嗎？」

「嗯，這很簡單，為什麼烏鬼洞裡這麼黑暗，卻還能讓你們看見幾十年前的金色釦子？剛剛在山豬溝裡滿地都是落葉，偏偏你們撿得到小牙？」我看著米粒手裡的白色石片，其實我也猜到那石片的意義了。「白色石片也一樣，一定是特別突出而且易於拾撿，這是一種吸引，只要你們上鉤就好了。」

「為什麼要這麼做？」小可又氣又怕的低咒著。

「為了讓你們跟這個島上關係密切啊，為了讓過往的亡靈可以助她一臂之力。」米粒聳了聳肩，「怨靈的思想很簡單的，就是達到她的目的！」

文浩忍不住嗚咽的哭了起來，小可偎近他的肩頭低泣，兩人說著早知道就不要亂撿東西這類的話；其實這跟撿不撿紀念品沒關係，重點是在他們承諾了那人魚公主。

聊天室的起源是開端，後頭只是衍生出的命運。

「講完了……」小K把手機遞給米粒，「他說還有事要跟你說。」

「噢！」米粒飛快接過，「怎麼樣？嗯……好……什麼！」他忽然瞥了我們一眼，「好，我知道了。」

看著他掛上電話，我覺得他那一眼看得很詭異。

「先走吧！」米粒說著，我上前簡略的提起死囡仔坑的過往，他擰起眉頭，對於被莫名其妙扯進來還是很不爽，低咒數聲後拉著我往前走。

在以前的時代生男孩是最重要的事，女生超級不值錢，尤其在漁業盛行的島嶼上，女人是不得上漁船的，那簡直是大忌，所以生下女孩根本就是沒用。

所以如果生得多，就會把女嬰扔到這個洞裡，讓她們自生自滅，說穿了，就是個嬰兒墳場。

烏鬼洞是黑人墳場、山豬溝是山豬墳場、美人洞這兒卻是嬰兒墳場；我們不知道到底死了多少嬰孩，但是即使純潔如嬰孩，也不代表他們沒有靈氣，累積了多少怨自是不得而知。

走進洞裡時，裡頭的氣氛加上我們的處境，絕對是令人毛骨悚然，洞裡靜得連掉根針都會有回音，我們一步步小心翼翼的走著，地上不知何時積了一潭水，可能是大雨所致。

洞內溫度低得嚇人，跟外頭相差十萬八千里，我們推測多半是陰氣。

所有人繞著牆走，閃過中間積水的地方，但那水面因為水滴落激起陣陣漣漪，我往上看去，洞頂積著水，沒幾秒就匯集了大滴的水珠落進潭裡。

咕嚕咕嚕……那水面的漣漪愈來愈巨大，甚至出現了波紋，宛似湧泉連珠，大家都注意到了，小可他們嚇得往壁上靠，想離潭水愈遠愈好之際，一抹影子自洞口一閃而過！

「呀——」小K已是驚弓之鳥，嚇得往小可身上抱去。

我們直視著那水底，終於開始出現了小小的手……

如初生楓葉般的小手，如果它有血色就會紅潤，但現在它們是慘白著的，骨瘦如柴，吃力的攀出水面，那是一具具只比手掌大一些的嬰孩。

「哇啊啊！這什麼！」文浩整個人都貼上牆壁了，他抱著小可、小可抱著小K。

一具具的嬰兒掙扎著爬上岸，每個人都乾瘦得可憐，我想起我的炎亭，是如木乃伊般的乾屍……而這群孩子是水屍，滑爛如泥的肌膚，斑駁剝落，動作緩慢細微，但還是努力的往岸上爬。

門口的光被遮去，曾幾何時，人魚公主已經擋在了洞口。

她比之前看到的要更加清楚了，雖然右手腕跟腰部的肉被香灰水融蝕，但其他部分變得更像真正的人，我們甚至可以看清她的五官樣貌，還有身上的衣服……如果她的腰部沒有刮痕的話，或許黑暗中還會以為她是個人。

她也從書緯身上取走了某部分，而且還回到小木屋把眼珠子拾回來了。

我下意識緊握頸子間的香灰護身符，被銷融的部分不會再生，至少我們確定了這點。

『媽媽……』爬上來的嬰靈開始呼喚，『爸爸……』

「我不是我不是！」文浩嚇得跳腳，他們逃無可逃，一個嬰靈拉住了他的褲管。

「放開我！放開我！」

他腳一踢，那小嬰靈被踹飛得老遠，撞上對面的岩壁，我都可以聽見骨頭碎裂的聲響！

嬰靈脊椎斷成好幾截，脊骨穿透皮膚而出，重重摔落地面時，脆弱的顱骨應聲碎裂！但是它是死靈，所以它扭曲著變形的身子站起，再度爬向文浩。

『爸爸……』它哭號著，像是在問為什麼。

我們的腳邊也湧來成群的嬰靈，米粒卻不為所動，他只是把手上的夾鍊袋打開，將那白色石片拿出來。

門口的人魚公主一步步走近，冷漠的掃視我們每一個人。

『為什麼不要我？』嬰孩爬上小K的身體，她拚命撥開，它們就死命湧上。

「這是妳的心聲，還是嬰靈的？」米粒拉著我往後，暫時避免嬰靈攀上。

『都一樣——為什麼要把我們扔下來！』人魚公主開了口，眼神中卻漸漸充盈憤怒。『水好冷……這裡好黑，我們根本不想要待在這裡啊！』

「哇呀——」小K忽往下一滑，大批的嬰靈拽著她往潭裡去，她嚇得揪住小可，結果導致三個人都往下扯滑。「不要拉！」

「救命！救命！」小K歇斯底里的大喊著。

「誰的頭蓋骨——」米粒然大喝一聲，將白色石片扔出去。「接著！」

文浩瞠目結舌的望著米粒，「頭、頭蓋骨！」

說時遲那時快，一個小小的身軀自水裡一躍而起，踩過眾多嬰屍，向上接住了自己頭蓋骨的其中一片。

那是個比很多嬰靈都大的孩子，可能有一歲左右，身形高出許多。

只是它的頭一點都不像人，那是魚的頭，一雙沒有眼皮也不會眨的灰色渾濁眼珠，尖尖的魚嘴，一旁還有鰓。

『肚子餓了……』那孩子說話了，『我們大家肚子都餓了！』

「廟裡應該有供養吧？祭拜你們？」米粒腳一打橫，掃掉最前面一排嬰靈。「不要造孽，不然誰也幫不了你們。」

『誰幫了我們了？誰！』魚頭孩子尖聲吼著，『我們在這裡一直哭一直哭，哭到都沒聲音了，哭到掉進水裡，哭到被魚吃了，誰幫了我們！』

「那是時代造成的，跟這些人無關。」我邊說，並閃躲湧上的嬰靈。魚頭孩子望向人魚公主，她點了點頭，果然是她在操控一切。

『誰都不應該捨棄我們，誰都不應該殺了我們！』人魚公主也一步步走了進來，『約好一起死的人，通通騙我！通通騙了我！』

「哇啊——安姐姐！」小可淒厲的叫著，她努力抓著地面往上爬，我看見那些小小的嬰靈開始往她的腿上咬去。

「走開！」發狂的文浩撥掉身上的嬰靈，飛快逃上去，還趕緊伸手拉過自己的女友。「這些跟我們都沒關係！我們沒有拋棄任何人——」他看向了人魚公主，「我們沒有承諾妳任何事情！」

人魚公主歪了歪頭，冷冷一笑。

「真的不是我們……我們只是申請帳號而已！」小可愈來愈往池子裡沉，小K沉得更下面，全靠拽著小可掙扎。「為什麼為什麼……」

瞬間，原本拉著小可的嬰靈忽然全數鬆手，急速的轉了個方向，全部湧向小K！連我們面前的嬰靈也一樣，它們倒退著回去潭水中，往小K方向游去。

「不要——」我們見證著團結力量大，看著小K整個人被扯了進去，她驚恐的尖叫著。「對不起對不起！我們不是故意的！只是好玩而已！」

文浩趕緊拉起小可，兩人跪趴在一邊，小可的雙腳已經血肉模糊。

我忍不住往前走去，看著人魚公主直盯盯的瞪著小K瞧，魚頭孩子也一樣，充滿了極大的恨意。

「你們是不是搞錯什麼了？拋棄你們、扔下你們的不是這些學生！他們只是跟妳聊天而已！」我衝著人魚亡靈大喊，「哪有這麼龐大的殺意跟恨意！妳為什麼而死？如果是自殺，那是妳自己放棄了妳自己！」

人魚公主忽然瞪大了眼睛看著我，瞬間我驚覺情勢不妙，因為她的臉孔開始扭曲，露出極度憤恨的眼神，緊接著是盛怒般的咆哮——

『我不是自殺——我不是——』她雙拳緊握，我聽見外頭的海水奔騰。『當父母的憑什麼殺了我們，再說是自殺——憑什麼！憑什麼決定我的人生！』

咦？在米粒把我往後扯倒之際，我聽出了端倪。

無數尖刺自少女亡靈的嘴中噴射而出，那原是堅硬的魚鰭，它們刺進了更堅硬的岩壁當中，其中有一塊劃過我的臉頰，頓時血流如注。

幸好米粒眼明手快的將我壓倒，否則我現在應該是千瘡百孔了。

「妳在做什麼！」他撐起身子，氣急敗壞。

「她……她是被殺的。」我緊握著米粒的雙手，「那個人魚公主是被父母一起帶著自殺的！」

所以她跟這些嬰靈有共鳴，他們無法選擇自己的生與死。這些人都是被父母強硬逼迫著往死路上走；不管是燒炭還是什麼方式，都是先被殺死，外界再定義為「親人攜子自殺」。

這些孩子不想死，他們根本沒有選擇的餘地。

「小……噗嚕……可！」小K掙扎到失去氣力，那明明只是積水的小潭卻出奇的深，小K整個沒入水中，只剩下頸子以上在那兒拍打呼救。

紅血漸漸滲了出來，她全身開始扭動哀號，我看見許多嬰靈如同小魚般，正一小口一小口齧咬她的肉。

小可上前伸出手拉住她的手，使勁的往上拖。

可是就在這瞬間，水裡又探出幾顆嬰靈的頭，它們瞪著小可，伸長瘦骨嶙峋的小手，試圖抓握住小可的手。

「放開！」米粒情急大喊！

「可是……」小可才在可是，抓住她的手的嬰靈借力使力的躍起，張大嘴巴就往她手臂咬了下去。「哇啊——」

一塊肉被咬了下來，小可淒厲的慘叫著，連忙鬆開手壓住傷口，他們狼狽的後退，但手腕上的鮮血流進水裡，愈來愈多的嬰靈跟著探出頭來。

『為什麼要殺掉我……』人魚公主走了進來，『為什麼全世界的人都要拋棄我……』

她無神的雙眼忽然落在米粒的身上，原本失意的神色揚起一抹笑。

『你，會跟我一起走對吧？』

第八章・歸返大海

「不會。」

再問一百次，我的答案依然不變。

人魚公主用一種詭異並且噁心的笑容衝著米粒，我厭惡她的神情與笑容，只管擋在米粒面前。

「安大姐！走了啦！」文浩不知何時跳了過來，成群的嬰靈再度爬了上來，他們兩個正努力的踢開它們。

小可也跳過來，她緊拉著文浩的袖子，腿部受傷的她行動相當遲緩，那魚頭孩子雙手一抓就把她往池裡扯；文浩學聰明了，他不再只是抓著小可的手，而是由後撐住她的腋下，便可以用全身的力量撐著她。

「拜託妳一下！我們沒有害妳！」文浩向女孩求情，「我們也沒有跟妳說好一起去死……不是我們殺了妳的！」

『殺……』亡靈一顫，文浩的話似乎進入她的意識中。『殺了我……的人……』

「是誰殺了妳呢？妳不能隨便找人作伴。」米粒直接彎身，圈住小可的腰猛力將她拉離水潭。「妳已經死了，就應該安息……妳有妳的同伴，你們應該在一起的。」

女孩怔然的望著我們，海水或是淚水自她的眼中滾出，她搖了搖頭……再搖了搖頭，身子不住的顫抖。

『沒有！沒有沒有沒有！』因著她的尖叫聲，嬰靈的動作變得更加迅速。『只有我被留下來、被留下來了！』

亡靈的吼叫聲在洞穴中迴盪，無以計數的嬰兒哭喊著爸媽，池裡的小K不停的慘叫，她瘋狂的攀上岸又被拉回、在潭水裡激烈扭動，因為那些嬰靈正一口口慢慢啃食她。

血水染滿一池清水，小可雙腳鮮血淋漓自顧不暇，我們只能往後退，無法再為小K做些什麼，但也不想眼睜睜看著她活活化作白骨。

淒厲的慘叫聲不絕於耳，嬰靈窮追不捨，我們只能往旁邊閃，但出口被人魚擋著，她並沒有放過任何人，我還是在她眼裡看見不甘與憤恨。

地上滿布飢餓的嬰靈，眼前是人魚，我們不知道該往哪個地方跑，才能閃開這些威脅！

『一起死一起死！』人魚忽然跳過中間那潭水，倏地來到小可面前，眨眼間就掐住了她的頸子。

「唔呃——」小可倒抽一口氣，頸子被緊緊掐住，文浩衝上前想扳開人魚公主的手，卻被她拽住手臂往後一拖，直接甩進池子裡！

文浩一落進池子，嬰靈便飛快的湧上，水裡只剩下他在掙扎，小K的頭浮在水面上，肉屑一塊塊的浮起，看起來已經沒有動作，但嬰靈們仍舊在搶食。

「不要！哇哇——走開走開！」文浩把咬住他手臂的嬰靈拔開，連肉一起拔下一塊，男生力氣比較大，他至少得以往岸上攀。

小可就不一樣了，她被按壓在地，人魚公主瘋也似的邊掐著她邊拿她的頭撞地板。

『去死！妳應該去死！一起死就不必擔心了，媽媽會帶著妳，妳什麼都不必怕！』人魚公主說著莫名其妙的話語，『媽媽不會讓妳受苦的，不要怕，有媽媽陪著妳！』

米粒取下手腕上的佛珠，拉長鬆緊帶，二話不說就往人魚公主的手腕上縛去。

「放手！」

同一時間，我把剛剛殘餘的香灰水，往血池裡一倒……幾乎是同時，嬰靈們發出驚恐的尖叫，人魚公主往後摔進池子裡，我趕忙把小可往上拖，她再度撿回一命，但哭得幾乎連起身的力氣都沒有了。

『媽媽呢？媽媽呢？』嬰靈們掩面痛哭，它們身上平白無故冒著煙，身體正在銷融。

人魚公主痛苦的在水池裡打滾，小K的屍體被她打上岸，她的屍身慘不忍睹，有些地方都已經見骨，身上的肉被咬爛了，器官流出腹腔，死因應該是動脈被咬斷。

『媽媽呢？』人魚公主抬頭看著我們，『你們應該陪著我！至少你們要陪著我！』

「懶得理妳。」米粒一把抄起小可往肩上扛，趁亂飛快的往外奔去，我則扶起還能走的文浩，尾隨著米粒往外逃。

洞口很近，眼看著就要逃出去了，米粒的腳踝卻忽然被抓住。

『不讓你走……』人魚公主惡狠狠的望著米粒，她的容貌正在變化，成了醜陋又尖嘴的模樣。『死也不讓……』

我覺得我的耐性到了極致，再也顧不了其他，使勁的一腳就踹向人魚的頭，直接把她的下巴踹飛。

「妳搞清楚，他是我的！」我忍不住大吼，「人魚公主最後是投海化成泡沫死的，麻煩妳滾回海底去吧！」

她因此鬆了手，米粒還有點瞠目結舌的望著我，我用肩膀推著他往外跑，都什麼時候了還在猶豫。

吃力的走到摩托車邊，兩名傷兵已經都不能騎車了，所以我跟米粒各騎一輛車載人，重傷的小可讓米粒載，我身後則是文浩。

外頭的天候已不只是滂沱大雨，現在還加了閃電雷鳴，陰氣煞氣重得讓我們要喘不過氣，我連拿地圖的機會都沒有，失去方向感的我們不知該往哪裡走。

「同學！指路！」我大喊著，希望那些遇害的同學能夠指點迷津。

果不其然，一個個灰色朦朧的影子現身，它們都指向同一個方向，洞裡傳來哀鳴，那隻特別的人魚公主踉踉蹌蹌的走了出來，她變得極為醜陋，凸出的側臉、比碗口還大的嘴，滿嘴都是利牙，頭髮開始掉落，最詭異的是她成了駝背，手跟腳卻延展開來，變得又長又細。

我們跨上機車，看著她趴在地上，骨瘦如柴的四肢如今成了她的腳般，撐起她的身子，肌膚變得光滑黏膩，聲聲嘶吼，沙啞低沉。

我沒時間看動物變化，油門一催，車子便往前衝，但人魚竟以迅雷不及掩耳的速度撲上來！

她變化了！速度變得好快啊！

我眼睜睜看著她直直朝我撲來，不過另一抹影子更快的把她撞開！

我差點摔車，龍頭一扭趕緊穩住重心，然後急起直追，從後照鏡裡看見一個好像剛從泥坑裡爬出的人，正壓制著人魚。

我看不出那是哪位同學，但我知道是它們。

路上灰色的鬼影不停指示，它們蒼白無神的臉龐顯現著死相，每個人死前的模樣都是極度驚恐的猙獰，以那樣的神情死亡，臉部肌肉僵硬，更讓人覺得毛骨悚然。

我們騎了很久，也感覺到人魚公主從未放棄追尋，一路到了一處像公園的地方後，失去了鬼影的蹤跡。

「這裡是竹林步道！」米粒認出那是我們前一晚到過的地方，「前面有涼亭，先把小可他們抱過去包紮止血。」

米粒餘音未落抱著小可就跑，我沒他那麼大力氣，不會也要我抱著文浩狂奔吧。

「我自己能走。」文浩看得出我的遲疑，還笑了起來。

我撐著他盡可能快步追上，白天跟夜晚的步道果然大相逕庭，木棧道兩旁滿是竹子，詩意盎然，白天頗為風雅，可惜我們無心駐足觀賞。

米粒把小可放在涼亭的躺椅上，她不停哭泣哀號，她的傷雖沒有傷及要害，但小腿肚被狠狠的咬下好幾塊肉、大腿也是，手臂的肉沒有被咬斷，卻掛在手臂外頭搖晃。

我趕緊從包包裡拿出事先用塑膠袋封妥的繃帶跟紗布，米粒先擦乾她幾個患處，再貼上大紗布。

「你自己擦乾，不然就自己拿水洗一下。」我拿出礦泉水塞給文浩。

我們剛離開小木屋時，我把屋內的四瓶水都拿走了。

「安大姐……你、你們隨身攜帶繃帶跟紗布？」文浩瞠目結舌的望著我們。

我跟米粒同時回首一笑，挑了挑眉，只要經歷的夠多，就知道什麼時候應該帶些什麼東西。

「我另外一位朋友更驚人，她隨身攜帶大刀。」想起彤大姐，我不由得失聲笑了起來。「還有一把很特別的傘……」

「那把傘壞了。」米粒補充。

「她不是吵著要你再弄一把給她？」

「安，她拿西瓜刀給我，我還需要弄什麼？」米粒也含著笑意，「她拿那把西瓜刀就快要所向無敵了。」

「真是……總是知其不可為而為之。」我搖了搖頭，「但我喜歡彤大姐這種正義。」

「要是她在這裡的話……」米粒低低的驚呼，「我可真不敢想像她會對人魚公主曉以什麼大義。」

提起彤大姐，我覺得氣氛變得輕鬆很多，我騰出手幫文浩把較大的傷口包紮好，小可無力的躺在椅子上，雙眼幾乎不對焦。

「小K……又珊……他們、他們在、在這裡。」她淌著淚說。

「看看就好，別跟著過去。」米粒輕聲說著，小可不是大傷，還不至於死亡。不過那代表學生的亡靈，也現身在這裡了。

簡訊的聲音響起，米粒拿出來查看，也扔給我看了一眼……我是蹙著眉心看完的，心裡湧現的是悲哀。

整片的竹林看起來頗有文藝氣息，但事實上竹葉底下能藏匿靈魂；我們偷閒的待在涼亭裡，這竹林步道規劃得相當詩意，不但有木棧道、涼亭，還有翠綠的池塘，只是現在我看到水……都會有不好的預感。

我們的涼亭出入口就在棧道上，另一側接近池塘，我下意識的往邊欄過去，池塘上是浮萍、睡蓮與一些長草，由於苔蘚的緣故使得池塘變成綠塘，大雨灑在池裡，漣漪密集得激起小水花。

我不經意的往下瞧，總覺得那水花下，好像藏有什麼。

一個如橡膠般慘白的人頭就躺在那綠色的池底，雙目瞠到極致，張大的嘴裡塞滿泥土，就這麼自池底直勾勾的盯著看我！

喝！我向後一退，大為震驚！

「安？」米粒察覺有異，趕忙上前來。「看見什麼？」

「屍體。」我指指池底。

米粒探頭出去看，卻狐疑的皺起眉頭，再轉而看我。「是妳太累還是它們閃了？」

咦？我聞言再看一次，只看見綠色的池塘，哪有什麼屍體。

「可是我剛剛……」明明看見屍體了啊！

「哇呀——」小可忽然尖叫起來，「小冰！是小冰！」

我們倏地回頭，涼亭外站了一個人，是女孩子，她穿著橘色條紋的衣服，瞠目張口的睨著小可他們，就是我剛在池底瞧見的人。

小冰？就是我們隔壁的女孩嗎？

緊接著，一個個鬼影倏忽出現，缺隻手的又珊、被刺穿心口的祖凡、肚子一個大窟窿的書緯，最後是……被啃得像保健室骷髏標本的小K，差別是她還有張臉跟仍有碎肉黏在骨頭上。

它們排排站著，像展示的人偶。

『一起……一起……走吧……』無起伏的聲調，來自於死靈們的呼喚。

池水忽地激烈起來，我不假思索的望向米粒，他早拋出繃帶，我立刻接過，接著飛快的繞過涼亭的四根柱子，用繃帶將涼亭封住。

這捲繃帶不是剛剛為小可他們包紮的，是米粒剛用筆寫上經文的，我才剛綁上結，池塘裡倏地竄出醜陋噁心的生物，但是它撞不進涼亭，只得向後彈去後，再往上躍！

我們在涼亭裡聽見屋頂上那沙沙的足音，不一會兒那生物自屋頂跳下，匍匐在學生死靈面前。

那真的是很噁心的怪物，全身光溜溜的，青灰色的肌膚閃爍著令人不快的黏液光澤，黑色的頭髮所剩無幾，黏在快掀起來的頭皮上頭，皮包骨的四肢如蜘蛛般嶙峋，尖而長的黑色指甲抓著地板，沙嚓沙嚓。

「這就是人魚嗎？」米粒站在繃帶圍起的柱子邊，「跟魚同化了啊！」

「人魚……公主？」文浩忍不住嚥了口口水。

「童話總是美好的。」我看著那血盆大口跟裡面密密麻麻的尖牙，可以想像它有多強的攻擊性。

『就差你們了……』它來回走著，聲音依然是小冰的。『我們一起走吧，約好一起死的，誰都不會被扔下。』

『一起死……一起死吧……』後頭的死靈跟伴奏一樣，還有背景配樂。

看樣子現在死靈們都在人魚的掌控下，不似剛剛指示方向時，至少還是夥伴。

「我們沒跟你們約好！」文浩緊抱著虛弱的小可，「你們自己說我們道貌岸然的，我們才不會這樣開玩笑！」

『都一樣，一起跟我回海底去吧！』人魚望向米粒，那是充滿愛慕的眼神。

我可以想像，這女孩在生前與這群學生聊天時的心情，她憧憬的望著照片裡的俊男，看著文字盈造出來的曖昧與窩心，想著自己有多幸運，竟然可以遇上這樣性格的王子。

直到死，也不願放過他。

「夠了吧？」我撥開繃帶站了出去，「曾若涵，妳該停止作夢了，童話故事是拿來騙小孩子的，妳都十三歲了！」

「十三歲！」尖呼出聲的是小可，她瞪圓雙眼。「那個女生才十三歲！」

言下之意。是大家怎麼會去騙一個才十三歲的女孩。

「……安。」米粒無奈的也跟著走出來，「妳說再多，她也聽不明白的。」

「還是得說。」我看著人魚，不，是愛幻想的少女。「妳已經死了！妳在七天前被妳母親掐昏後，連車帶人的衝進海裡……死了。」

剛剛米粒友人傳來的簡訊，七天前一位母親攜女自殺，先把女兒掐昏，再開車衝進海裡，而撈起的車子裡未尋獲女兒的屍體，她的屍體在大海漂蕩、被魚類啃食，最後不甘心的靈體藉魚兒重生，合為一體。

『我不會死的，我是公主。』曾若涵抬起頭，忿忿的咬牙切齒。『我只是要回到海裡而已、就只是這樣子！那女人殺不死我的！』

她有恨，恨自己不能選擇自己的人生。

她不是自殺的，她是被母親殺死的，被攜去自殺的孩子們個個都是他殺，因為如果能選擇，他們會選擇活下來。

就算未來的人生再苦再難，也至少是自己選擇的道路。

『就算她是媽媽又怎樣……她憑什麼殺我、憑什麼！』曾若涵尖聲咆哮著，後頭被殺害的學生一起顫抖著。『為什麼我又被扔下了——為什麼只有我一個人死了！』

是啊，這是最令她不甘願的地方吧？

當海水灌入車子裡，當肺部缺乏空氣時，母親受不了痛苦而逃之夭夭，打開車門浮到海面上，被目擊者救了上來。

她人是上來了，不過女兒的屍體卻隨著敞開的車門漂了出去，儘管車子在短時間內被吊起，但少女的屍首已不復在。

這起自殺案件，只有一個人死亡，還是那個其實想活下來的人。

「妳的遭遇固然值得同情，但是殺了這麼多人就已經抵消了。」米粒用冷淡的口吻對她說著，「講句老話，放下屠刀，立地成佛。」

『呵呵……為什麼？我哪裡做錯了？』曾若涵放肆的狂笑著，『我媽用一起死的理由把我殺掉，為什麼我不能殺掉這些承諾我要一起死的人！』

我不由得瞥了那群學生一眼，這確實還真是他們允諾的，畢竟是「王子們」啊……

『你也要跟我一起走——』它十指抓地，借力的向上一躍，直直往米粒就撲了過來。

米粒飛快的大步退開，閃身而過，但利爪在他右上臂上刨出深刻的血痕，變成醜陋人魚的曾若涵動作變得飛快，迅速到我根本抓不準；米粒也只能閃躲，我扯下香灰符，由後衝了上去。

學生的死靈們搖搖晃晃的包圍住涼亭，一人一句不間斷的「一起死吧」，讓在涼亭裡的小可跟文浩摀起耳朵，痛哭失聲。

雨還在下，而且強風吹得雨滴亂飄，一旦繃帶上的經文糊成一片，就會失去保護的力量。

我緊握著香灰符，想起這步道再往上走，不就是碧雲寺嗎？那兒供奉的神明啊，請幫助我們！

我打定主意把香灰符套進人魚的頸子，紅繩都圈住了，就在即將成功的瞬間，人魚戛然止步，冷不防的回過頭來。

『等妳很久了……』

它咧開血盆大口，張大到足以吞下我整顆頭顱，隻手一揮就把我推倒在地，右手一把將我按在地上，五根尖銳的指甲毫不猶豫的刺進我肩頭，我痛得放聲尖叫。

「妳這醜人魚！」是米粒的聲音，他拉住人魚的左手，卻被它一把使勁揮走。

它回頭看向我，咧開的嘴裡滴下了黏滑的唾液，刺著我肩頭的右手忽而抽起，我又倒抽了一口氣。

「看我把妳撕開，誰還會愛妳？」它雙手往我的胸膛來，「王子，本來就該是我的。」

我應該伸手去擋的，但是我的手好痛，痛得我根本沒有辦法施任何力氣。

唰——唰——巨大的風忽然吹至，我聽見竹葉龐大的沙沙作響，一瞬間雨勢亂飛，被風掃下的落葉幾乎遮去我跟人魚之間的視線。

「該死的——妳傷我朋友？」

一把銀晃晃的刀子射了過來，人魚在千鈞一髮之際以手接住，後頭一個擒抱翻滾，米粒將人魚推離我身上。

我不可思議的半躺著往後移動身子，望著人魚手上那把……西瓜刀。

「彤大姐？」我忍不住喊了出來。

「還敢說！你們真會跑，我打電話又沒人接！」渾身濕透的女人氣急敗壞的走了過來，她還穿著高跟鞋，一步步踩在木棧道上，顯得非常氣憤。

人魚也有點瞠目結舌的望著她，我應該要先問她為什麼會在這裡的！

「這醜八怪是誰？」彤大姐打量了人魚兩眼，「好噁心的傢伙，怎麼死得這麼難看？」

「咳！」我應該提醒她留些口德。

「妳幹嘛的？找我朋友麻煩做什麼？」彤大姐往前一步，好樣的，她是來談判的就對了。

不對啊，彤大姐為什麼會在小琉球？

『又一個……』人魚輕鬆的翻轉了西瓜刀，握在手中。『為什麼總有人愛跟我搶男人呢！』

噢，親愛的，妳才十三歲，實在不宜說出這麼電視劇的台詞！

人魚用後腳把米粒踹離，我不懂手上有刀的它為什麼不先把米粒砍死，只見它躍向彤大姐，刀子朝她腦門就是一砍——彤大姐疾速的一扭身子，俐落的閃了開！

然後她沒有跑，反而是繞到人魚的右手邊，握住那柄刀子。

「這是我的刀子，還給我！」她義憤填膺的吼著。

現在不是要東西的時候啊啊啊……我趕緊上前把她拉開，直直往涼亭裡拖，原本想要進去避難，但涼亭外的亡靈一瞧見我們，便轉身想要置我們於死地。

開什麼玩笑，我沒跟它們約定要一起死啊！

「安！上面！」米粒的聲音自遠處傳來，他正往步道上跑去，奔向碧雲寺！

對！跑上去……我望著繃帶上漸漸暈開的字體，繃帶擋不了多久了，既然香灰符有用，觀音媽有靈，那我們就要進碧雲寺！

「走！跑出來！」我對著小可他們大喊著，「跑上去！」

語畢，我盡全力衝撞那群學生們的死靈，彤大姐也幫我拉開他們，硬是開出一條路，讓小可他們得以衝出來。

小可無法行走，文浩只得揹著她，同學們非常有同學愛的意圖攔阻，我只能拿護身符去傷害亡靈們。

耳邊傳來鏗鏘的聲音，亮晃晃的西瓜刀被扔在地上，人魚心不在我們身上，以疾速朝米粒追去……這豈止三步併作兩步啊，根本是五階當一階在跳躍啊！

不不……我看著米粒的速度，再厲害的短跑選手也會被追上的！

「不——」我不顧一切的甩開拉著我的小K，都已經是骷髏模型了還逞什麼威風，我使勁扭下它的腳關節，它果然跌落在地，這讓我終於得以往前衝。「彤大姐，這裡交給妳了。」

「啥？」

我拚了命的往樓梯上爬，經過龍目水前的平台，眼看米粒都已經要到步道頂端了，他——他不動了。

我的米粒渾身像被電擊了一下的顫動著，他跪上了石階……不，他根本是滾了下來，直到摔在龍目水前的平台，然後痛苦的扭曲著身子。

人魚緩走到他面前，在一旁欣賞般的望著他。

「米粒！」我尖聲嘶吼，衝上前去，卻觸不到他。

因為我的手才靠近他，就感覺到一陣濕潤且冰冷。

海水。

我呆望著眼前的空間，米粒被無形的海水包圍住，他痛苦的仰頸朝天，該是吐出的空氣變成一顆顆小水泡，他的頭髮輕柔的飄揚起來，動作雖然劇烈卻緩慢，他……在水裡。

他在海水裡！

人魚打算活活淹死他！

「他愛的是我，他根本不愛妳！」我知道我瘋狂了，「對他而言妳只是一個被母親殺掉的可憐蟲而已，妳殺掉他也沒有用，依然沒有人會愛妳！」

人魚不語，笑看著臉色慘白的米粒。

「妳天生注定是個被拋棄的人，連妳母親都不要妳了，這些學生、這個男人都不可能要妳！」我完全碰不到米粒，淚水模糊了我的視線。「美人魚應該要沉入海底化成泡沫，妳懂不懂故事啊！」

『為什麼我要化成泡沫？』曾若涵終於開了口，望著我的眼神裡帶著悲哀。

『我想要活下去啊——』

她的聲音有股力量，彷彿撕開我的心，我感受到她的悲傷，剛剛在吶喊的不是邪魔化的人魚，而是一個十三歲的女孩。

「安，閃開！」

彤大姐的聲音由後傳來，我來不及反應，她一刀往米粒身邊的空氣切了下去。

啵——刹——米粒的身邊憑空湧出許多海水，往四面八方流掉。

「米粒！米粒！」我立刻上前及時抱住倒下的他，他毫無血色，而且沒有呼吸。

「我拿妳的香灰符抹刀子，很有用吧。」彤大姐瞇起眼，笑得很得意。

我跟沒心情聽她在說什麼，只顧著朝米粒的肺裡吹氣，我拚命的做著CPR，聽見人魚上前的聲音，我身後是拚命跟同學纏鬥且護著小可的文浩的吼叫聲……然後是彤大姐跟人魚吵架的聲音。

米粒終於吐出一大口水，那迷人的眼睛再度睜開了。

天天天哪！我激動的望著他，不知道在我臉上的是雨水還是淚水，但是如果他有了萬一，我的淚水將比這場大雨來得滂沱！

「要碰我朋友得先經過我同意！」彤大姐大喝一聲，刀子亂揮，只是一眨眼，她手上的刀子忽然一空。

我抱著無力的米粒，狠狠的倒抽了一口氣，刀子在人魚手上了。

『該死的礙事者——』人魚的尾音變得尖銳難以入耳，一刀迅速俐落的再次劈近彤大姐的頭頂！

這一次，彤大姐連躲都沒躲，瞬間就被劈成兩半。

我跟米粒都僵直了身子，這瞬間的事我們完全無法理解，我看見人魚的刀勢強勁，彤大姐如直剖般的被一分為二。

但我們沒有看見一絲血。

左半邊的彤大姐撞上米粒的身體，然後順著階梯滾下去，右半邊的彤大姐倒在階梯上，我們可以看見她的剖面，是實心的……木頭。

木頭？

「真的是，造孽啊！」在階梯上的半個彤大姐開口了，「選在這裡動手，也未免太不把本座放在眼裡了吧？」

咦？我倉皇的望著涼亭外的文浩，他們狼狽的趴在地上，眼看著就快要被同學一起帶去冥府，但地上那左半邊彤大姐忽然發出炙熱的光芒，連同我眼前的這半身也是……

『不……不是我的錯！』人魚猙獰的咆哮著，『明明就不是我的錯！』

「妳以為這是哪裡？」我前方頓時現出一道如太陽般炙熱的光芒，沒有人睜得開眼，我只能聽見莊嚴的聲音。「這裡是小琉球啊！豈容妳造次！」

『他們說好要陪我一起死的！我不要一個人、我不要再一個人了——』

我緊抱著米粒，雖然努力的想睜開眼睛，卻難以成功，只能看見模糊的人影，還有人魚身體剝落的景象。

它在哀號著，站立起的身子僵硬，身上持續著塊狀剝落，像是風乾的泥塑，大風一颳就開始四散。

小可在尖叫，文浩在哭泣，他們的聲音很遠，其中也摻雜了其他學生亡靈的聲音。

不知道過了多久，我感覺到四周靜了下來，微風徐徐拂上，大雨驟停，暖烘烘的陽光自雲層裡探出頭來。

我狐疑的睜眼，身邊沒有什麼一半的彤大姐、也不見人魚的蹤影，趕緊往右方的涼亭望去，小可他們已經疑惑的爬起身子，左顧右盼。

米粒！我心急如焚的往自己膝上的男人瞧去，他意識不清的半瞇著眼，臉色慘白如紙。

「米粒！米粒……你還好嗎？睜開眼睛！」我大喊著，拚命的搖他。

米粒抽了口氣，胸膛明顯的起伏，雙眼遲緩的睜開，卻不是跟電影一樣，深情的凝視我。

他的視線轉向半空中，望著一片蓊鬱的竹林，緩緩抬起右手，泛出一抹欣慰的笑容，掌心微張，像是在迎接著什麼。

「好暖的風……」他喃喃說著。

「米粒？你還好嗎？」摔下來時撞著了頭嗎？

他轉了過來，這次終於凝視了我，右手回到我臉頰邊，仔細的撫摸著。

「衣服乾了呢，安。」他身子一軟，鬆了口氣。「真是勞駕了，勞駕了！」

咦？我趕緊察看我的身子，天哪，我的頭髮、衣服，真的全數都乾得像剛從烘衣機裡拿出來一般的暖和！

上頭忽然傳來紛沓的足音，一堆人聚集在樓梯口那兒，俯瞰坐在龍目水前方平台的我們。

「低家啦！低家啦！」（在這裡啦！在這裡啦！）眾人你一言我一語的說著，「快去把他們扶上來！」

廟方人員匆匆的奔下，而文浩也揹著小可，一步步吃力的走了上來。

「安大姐？」小可已經昏迷，而一臉心驚膽顫又不明所以的文浩望著我。「到底怎麼了？」

我微微一笑，廟方人員正搬下擔架，為我移開腿上的米粒。

「這裡是碧雲寺腳下啊！」

第九章・泡沫

哪兒發生的事，就由哪兒的神明來管理。

我終於了解這句話的真諦。小琉球是個海外孤島，這兒的人民有著長年虔誠信奉的神明，整座島上七、八十間廟，有觀音媽、有池王（公證佛），均保佑著全島居民，世世代代。

島上的神明顯靈過多次，在小琉球的歷史中均有記載，這也是為什麼居民們信仰虔誠的主因，到頭來，我們仰仗的都是神明。

碧雲寺裡的乩童說他得到觀音媽的指示，碧雲寺腳下有東西作亂，有人受了傷，要他們往龍目水的方向救援，果不其然找到了我們。

米粒意外的只是摔傷跟挫傷，不過還是要回本島仔細照過X光比較妥當；小可傷勢慘重，全身上下被咬下二十幾口，被廟祝以觀音媽賜的淨水洗淨過再度包紮，我跟文浩的傷勢較輕，不過也先後被淨水洗過。

我們全被安置在廟裡，該時恰好位在颱風眼中心，風平浪靜、無風無雨，警察按照我們的口述去打撈或是尋找屍體；一切都非常順利，在烏鬼洞裡找到又珊、在山豬溝的血桐樹上找到掛著的祖凡、在小木屋裡的書緯、屋外無辜的度假村工作人員，最後是在死囡仔坑的小K。

只是屍體狀態非常匪夷所思，烏鬼洞裡的又珊全身蜷縮成了焦炭，不知哪兒的無名火將她燒成焦屍；高掛在血桐樹上的祖凡是警方費了好大的功夫才挪下來，那裡根本沒有可以攀爬的地方。

至於小K，尋獲她時已經近乎白骨一具，他們說那兒可能有食人魚出沒，她是活生生被分食殆盡。

我們在廟裡做筆錄，由觀音媽見證，事情雖然很匪夷所思，島上的居民卻對我們所述深信不疑；現在只剩下小冰跟季安兩人的屍體尚未找到，還有一個置身事外的博鈞，可能正在民宿裡逍遙。

這麼一遭，我們都累了，米粒不想去醫院，而且傷也不重，所以我們想先回民宿休息；小可雖然傷勢較重，但也要颱風過後才能回本島，所以有人為她求了藥籤，先去抓幾帖藥服用。

臨走前廟方倒了幾杯茶給我們喝，說這可鎮靜心神，乃觀音媽賜福，喝了對身體絕對百利而無一害。

當我跟米粒喝下去時，不由得嚇了一跳。

「這味道……」我詫異非常，立刻看向米粒，那是香腸攤的老闆娘給我們喝的茶啊！

米粒望著杯中的茶，泛起微笑一飲而盡，再跟廟祝要了一杯。

「怎麼了嗎？」廟祝很好奇的問。

「我……我在山豬溝的香腸攤時，有個老闆娘請我喝過。」我捧著杯子，這味道是一模一樣，作用也相當！喝下去那種通體舒暢的暖意，無可比擬。

「山豬溝啊？賣香腸的是個阿伯啊！」廟祝笑吟吟的為我再斟了杯，「你們是有緣人啊！」

哇，我暗自讚嘆，該不會……我望向大堂上的佛像，是神明親自化身吧？在小琉球的歷史中，觀音媽化身為人類的事蹟族繁不及備載，祂用行動守護著島上的居民，包括我們這些外來客嗎？

但是如果當時能化身，為什麼不乾脆先把人魚妖制住呢？

「我們還擦了一種藥膏……」我不知該怎麼形容。

「啊啊……那你們果然是有緣人。」廟祝瞇著眼，只是這樣重複。

我沉吟著，果然真的是觀音媽嗎？

「走了！來來，大家幫忙一下不方便的人！」警察跟居民吆喝著，大家七手八腳的幫忙把小可跟米粒抬上車，熱情體貼的直接送我們回民宿。

不過很怪的是，後頭跟了許多警車，抵達民宿時，我瞧見庭院裡翩然起舞的惜風，心頭跟著一涼！因為她手上拿著盛滿的透明罐子，裡頭的死意已經滿載。

「你們沒事啦！」她跑到警車邊來，眉開眼笑的。「原來不是跟著你們吶！」

「妳罐子裝滿了。」米粒一下車，果然也注意到她的罐子。

「嗯，滿滿的。」她竟然綻開燦爛的笑容，用力點了頭。

跟著我們車子的警察突然跑向後棟，我跟其他人不由得交換神色，老闆慌慌張張的走了出來，一見到我們就呼天搶地。

「哎喲！你們怎……麼！天哪！到底發生了什麼事了！」

「那個男學生死了。」惜風走在我們身邊，很怡然自得。

「博鈞？」文浩驚呼出聲，「他、他怎麼會……」

「聽說是被淹死的。」惜風湊近我們，很小聲的說。「阿雀姨打掃時發現的，走廊上都是積水，從他房間裡淹出來的……」

那是例行的打掃工作，阿雀姨原本跟老闆推辭，直說這幾個學生大有問題，不願意為他們清掃房間，後來是老闆千拜託萬拜託，她才勉強戴著一堆護身符前去打掃；結果住別棟的博鈞房間走廊上都是積水，阿雀姨以為是哪兒漏水了，趕緊去敲房門，裡頭不但沒有回應，還聽見不止的水聲。

所以阿雀姨只好趕緊開門進去，卻發現整間房間淹滿了水，而博鈞死在陽台上。

「聽說屍體邊還有小魚在那裡跳呀跳的。」惜風認真的說著，「我也有看見，走廊上滿滿的都是死意呢！」

「所以妳就跑去撿了？」我怎麼看，都說不上這女孩究竟是正常還是怪異。

「嗯！又集滿一瓶了！」惜風開心得跟什麼似的。

「收集這些要做什麼？」我忍不住問。

「賄賂啊！」惜風煞有介事的回答著。

我不知道該怎麼接口，只好先跟著警方回到後棟，途中經過了博鈞的房間外，朝二樓看去，他的遺體正被搬出，一隻手垂在擔架之外，果然還滴著水……我突然能了解到他是怎麼死的，因為米粒差點也被那無形的海水，在陸地上活活淹死。

思及此，我緊緊握住米粒的手，差一點點這雙手就跟那垂下的手一般冰冷了。

「我沒事，神明幫了我們。」他低聲說著。

「可是……」我有點狐疑，「博鈞是什麼時候死的？剛剛在竹林步道裡，我沒有看見他的亡靈。」

「可能是剛剛吧。」米粒推敲著，「總是得讓承諾完成，人魚公主不該是孤身一人。」

我瞪大了眼睛，可是我以為、我以為曾若涵已經被神明收服了！

「她不是應該已經被……」我當然不可思議，因為我親眼瞧見剝落消散的人魚。

「我想，再怎樣……博鈞真的有答應她一起死吧。」小可的聲音忽然幽幽的自我後方傳來，「所以他們才會死掉，而那天真正跟她聊天的博鈞也不可能逃過劫難。」

是嗎？我無法忽視滿腹的懷疑。

警方幫我把米粒扶上樓，小可他們還是往我們房間窩，總是有心理障礙，此時的我們雖然很疲憊，卻絲毫沒有睡意。

才下午一點，好像過了幾個世紀般的漫長。

大家閒散的聊著天，小可無力的躺在我們的床上，很意外的，惜風幫我們買了海鮮粥回來，並大方坐下來跟我們聊天。

「我聽他們說明天天氣應該就會放晴，你們也可以搭船走了。」惜風吹著熱稀飯，「醫生等一下好像會到這裡幫大家打破傷風！」

文浩正在餵小可吃稀飯，我尷尬的看向米粒，他果然挑高了眉，望著稀飯，露出一臉賊笑。

真是的，年輕的小倆口真是甜蜜，害得我也得彷效。

「真是嚇我一跳啊，我以為通通都會死的。」望著他們的惜風，突然語出驚人。

「喂，講話小心點。」米粒不高興的警告著。

「我說真的啊，死神跟著你們呢。」她屈指算著，「原來是跟著其他人啊……」

「妳開口閉口都死神的，難道妳看得見？」我想起她每次都自言自語的模樣，

「還是祂根本在妳身邊？」

「呵……」惜風綻開一朵令人毛骨悚然的笑靨，指了指她的後方，我們房門口。

「在那邊。」

我們四個人全僵硬了動作，不約而同地往門邊瞧……沒有東西，那裡沒有任何人。

「不過跟著你們的不是祂啦，那個已經走了，因為最後一個學生已經死了。」

惜風呼嚕嚕的吞下一口稀飯。

我現在覺得有點難以下嚥了。

「等明天放晴，我就要去撿死意了。」

又來了，我不由得擰眉，我瞧不見她說的死神，很難理解她說的話。

「去哪裡撿？」小可忽然開口，「死意是指……死亡的意念嗎？」

惜風轉過頭去，點了點頭。「到海邊撿，那裡還有你們的兩個同學、兩個陌生人……」

我嚇得差點沒把碗掉下來，忍不住大聲起來。「妳知道小冰跟季安的屍體在哪裡？」

言下之意，包括前兩天失蹤的情人也……

惜風也被我的聲音嚇到，眨了眨眼，露出個好笑的笑容。「我看得見死亡，當然知道他們在哪裡啊！包括那個一直在找你們的人魚公主，也卡在岩石裡喔！」

有別於她津津有味的吃東西，我們誰都食不下嚥了，米粒讓我快去通知警察，除了小冰他們的屍身外，原來人魚公主也成了浮水屍，漂到小琉球這兒來，卡在岩石裡。

一般來說，小琉球的漁民們都很善良，見著浮水屍鐵定會幫忙撈起，曾若涵的屍體藏得深，所以才沒被找到。

不過這未免也太巧了吧？她的屍體漂到小琉球來，那些答應跟她一起死的學生們也剛好到這裡旅遊？

或許……其實不是巧合呢？曾若涵死了之後，為了尋找王子們，才讓水流與魚群引導她過來？

那我跟米粒的蜜月旅行……這是早就決定好的耶！

這，這就叫做命嗎？

當天下午在惜風清楚的指示下，警方找到了五具屍體，有一對情人沉在海底下，小冰跟季安也是，嘴巴均塞滿泥沙，初步研判是溺斃；在岩石下也尋獲一具浮水屍，死亡多日，屍身已經被魚吃得差不多了，藉由手錶跟項鍊，確定正是本島那位被帶去自殺的少女。

惜風慌亂的跟著警車過去，原本執意要拾撿死意的她，被警方攔下，為此對我多有抱怨。

在神明顯靈相助之後，小琉球一切風平浪靜，除了稍晚下了點小雨外，就再也沒有什麼颱風的徵兆；一到隔日，晴空萬里，又恢復成那風光明媚的碧海青天。

小可跟文浩搭了早班船回到本島就醫，米粒說什麼也不願意這麼早回去，帶著傷也要在這裡把七天六夜的蜜月旅行度完。

島上的碧雲寺火速做了簡單的法會，學生的家長前來認屍後收拾東西，小冰房間翻出一個不屬於他們的物品，結果竟然是那群學生用網購送給曾若涵的生日禮物，一只幾百元的戒指。

小可確定是博鈞買的，因為她幫忙挑過戒指款式，他們沒想到，其他同學竟然這麼認真的玩弄那個十三歲的女孩；小冰跟季安在沙灘上撿到被水流打上來的戒指，他們一定有注意到異狀，但是選擇先行藏起，或許希望找時間跟博鈞他們談。

沒想到沒有那個時間。

警方全數撤離後，還給我跟米粒一個安靜的空間，至於度假村的血案由廟方幫忙處置，無辜的工作人員被菩薩引渡而去，是最可憐的犧牲者。

打開電視，那位殺死自己女兒的懦弱母親甚至沒到南部的殯儀館認屍，而是直接請人把屍體運到北部，再行商議；記者當然是窮追猛打，大家都想知道，這個狠心母親現在的想法。

這個母親並不會知道，她的一念之差，殺死一條寶貴的性命，進而牽連了九條人命。

民宿變得很安靜，而惜風跟她朋友也繼續住著，她們好像真的是來度假的，幾乎都窩在房間裡，偶爾出去逛逛，偶爾坐在外頭的沙灘上聊天，比我們還悠閒。

負傷的米粒不太能觀光，但他堅持要再認真的遊走一遭，而且我們當晚在背包裡發現了在香腸攤時擦的藥膏，雖然不知道怎麼出現的，不過我拿著那藥為米粒上藥，痊癒之迅速……連我的傷口也是。

所以我載著他再去了一趟烏鬼洞、山豬溝等地，這次是純粹的觀光，終於可以拍下景色優美的照片。

坐在山豬溝的攤販前吃黑糖冰淇淋，我看著烤香腸的攤子，還真的是個阿伯。那天的事情讓我百感交集，那位老闆娘及謎樣的彤大姐，原來都不是真的。

「話說回來，我覺得神明模仿彤大姐模仿得真像。」我完全分不出來，講話也超像的。

「人家好歹是神吧？化身為彤大姐，比化身成一個陌生人更能讓我們放心吧？說穿了也是用心良苦。」

「嗯……」我沉吟了一會兒，「所以我們離島前應該還是要去拜一下齁？」

「嗯，這是當然的。」他坐在小躺椅上，迎著陽光，顯得神清氣爽。「欸，妳記得我們第一天去碧雲寺時，我捐過香油錢嗎？」

「記得啊！」求了兩個很有用的香灰符呢。

「我捐了三百元。」米粒挑了眉，看向香腸攤的價目表。

我錯愕的開始在腦中心算，怎樣加，七條香腸跟六份飛魚卵，都不可能只有五百元——那天在這裡的觀音媽，真的是眷顧了我們！

遠處來了一輛小巴，又有觀光客來訪，老闆也說了，這兩天又會有人來入住，一切將會恢復熱鬧。

一輛機車猛然停在我們面前，戴著墨鏡的男人打開安全帽前罩，盯著我們瞧。

「你們兩位很悠閒嘛？」騎士下了車，對著賣冰淇淋的妖嬌老闆娘吆喝，「一隻！」

米粒頓時瞪大雙眼，直起了身子。「啊……」

「啊？啊！你還有力氣啊！受這些傷還在這裡耗？我以為你早該回本島了！」

男人摘下安全帽，接過了冰淇淋。「還繼續蜜月啊？」

「你怎麼來了？」米粒真的很訝異。

「出這麼大事怎麼不來？」騎士完全無視我的存在，跟攤販也要了張板凳就拖到米粒身邊坐。「聽說觀音媽出手了？」

「嗯，千鈞一髮。」米粒笑了起來，「果然是這裡的神明。」

「但是為什麼祂沒有及早阻止這一切？」我硬生生插了嘴，那是我滿腹的疑問。「在作亂之前、在第三個人死亡之前……」

騎士瞥了我一眼，露出個淺笑。

「神明不會干預人間的事，那幾個學生的確對死者許下承諾，要一起自殺，更別說那幾個長久以來都以輕浮的心態在玩弄死者的感情，該怎麼評論誰對誰錯？」騎士說得對這整件事情知之甚詳，「大家都覺得這沒什麼，但是對具有強大執念的死者而言，那些都是一種承諾，所以她既然已經死了……王子們就得實現諾言！這就叫……禍從口出？」

「現在人都用網路，愈來愈多人不會講話跟溝通了，可能得用 MSN 才有辦法。」米粒冷哼一聲。

「即使形式不同，力量依然存在，那些文字還是有它們的力道在。」騎士打量了我跟米粒一圈，「還好傷得不重，因為你們是無辜的，傷了你們惡靈就算造孽，所以觀音媽才出手。」

所以，總歸一句話，真的是自作孽不可活。

但我想小K他們並不是有意的，可是很多事情都發在無意之中，也不能總是用一句無心就能免掉一切的責任；他們已經付出了代價，陪伴著充滿幻想的人魚公主，一起回到海底了吧？

倖免於難的小可跟文浩算得上是真正的無辜者，我只是很訝異，因為第一眼見到他們時，覺得穿比基尼的嬌氣小可，跟看起來很痞的文浩是裡頭最輕浮的人，想不到他們卻反而認為在網路上這樣亂耍人是不好的。

相對的，看起來成熟、進退有禮的優等生，卻是最殘酷的人。

耍弄著，背地裡用盡一些毒辣的嘲諷話語，甚至當緊要關頭之際，捨棄了女友離去。

如果事實如此，那我真心覺得，最該去陪伴人魚公主的人，應該還有一個人。

「她只是恐懼跟寂寞而已。」我依然掩不住對曾若涵的同情，「被親生母親殺死，口口聲聲說要自殺的母親卻自己尋求救援，讓她一個人沉在冰冷又陰暗的大海裡。」

騎士忽然起身，走到機車邊，從後座中拿出一份報紙。

「這也沒辦法，是命。」我接過報紙，攤開來讓我跟米粒都能瞧見，報紙刊登著尋獲曾若涵屍體的新聞，斗大的標題寫著：「曾小妹屍體尋獲，漂浮於小琉球外海」，下方卻擺了一張她跟母親親暱的照片。

「總算是回到母親身邊了？」米粒冷哼一聲，相當不齒。

「嗯，勉強算是，不過她還是得負起應償的罪。」騎士回首，又叫了香腸跟炸魚卵。「她的魂魄在這裡時，就有兩魂六魄被扣在王船上了，遲早得回來報到。」

哇，我暗暗讚嘆，冥冥之中果然自有定數。

「話說回來，你到這裡來做什麼？」米粒推了騎士的肩頭一下，他們感覺上是……很好的朋友。

「你以為呢？憑你們的禮數，怎麼報答觀音媽？我可是隔海請願，把這件事轉給觀音媽，請神駕出手的耶！」才在說著，路上幾輛載卡多陸續經過，後頭載滿了禮品。

我跟米粒紛紛瞠目結舌，望著離去的好幾輛車子，不敢想上頭禮品的價值。

「你欠我一次。」騎士悠哉悠哉的咬著香腸，闔上眼享受陽光。

米粒露出笑容，我很少看見他那種打從心底散發出的微笑。

「啊……台南的朋友？」我輕聲出口。

「嗯，台南的那個朋友。」米粒頷首。

原來這位跟米粒年紀相仿，雖然戴著墨鏡，但容貌看起來也不算差的男人，就是那位「摯交」啊。

機車來回呼嘯，原本悠哉躺著的騎士忽然直起身子，全身充滿警戒的往左手邊望去；我緊張的順著看過去，那兒騎來一輛粉紅色的 KIWI。

「安！」車子停了下來，是惜風。「早啊～你們可以行動了喔！」

「嗯……」我留意到騎士的眼神，是瞪著惜風的。

「有看新聞嗎？那個女生回家了呢！」她下了車，身後的同伴臭著一張臉。「不過，那個媽媽照理說該沉進海底的。」

「世上沒有誰該死、誰不該死的事情，那不是我們能決定的。」

「我知道，那是他們自身決定的啊。」惜風聳了聳肩，「掐昏女兒，置女兒於死地的母親，在游上岸捨棄自己的女兒時，就決定了自己的路；那個男同學，在拋棄女朋友時，也已經決定了他的命運。」

「女朋友？」米粒好奇的笑看著她，「這跟又珊有什麼關係？」

「拜託一下！你們不要跟著她起鬨好嗎？」惜風的朋友第一次開口，「惜風腦子不正常，你們不要跟她討論得那麼認真！」

說完，她氣呼呼的跑去買冰吃，不過惜風的神情顯得不以為意。

「妳的意思是……」騎士低沉的開口，「最後一名男學生的死亡，不是因為人魚。」

「是他女朋友吧？」惜風圓睜雙眼，很認真的說著。「是那個叫又珊的女孩！」

我跟米粒不由得倒抽了一口氣，殺掉博鈞的是又珊！

「妳看見的？」騎士又問。

「不，有人跟我說的。」女孩淺笑著，答案如出一轍。「是死神。」

我跟米粒交換了眼神，他看向朋友，騎士只是沉默的打量著惜風，看著她跑去買冰，然後惜風的朋友不客氣的斥責她，拜託她不要再說那些有的沒的，怪力亂神。

但惜風絲毫不以為意，把朋友的話當耳邊風似的，滿足的舔著手裡的冰淇淋。

「她說，她看得見死亡。」米粒低聲說著，「預知或是事後尋屍的都是她。」

「嗯。」騎士站了起身，「我該先去碧雲寺一趟了。」

惜風恰巧轉過身，跟騎士面對著，她淺淺一笑，繞過他要往我身邊來。

「等等。」騎士喚住了她，「妳如果早知道，為什麼不跟大家提出警告？」

「為什麼要？」惜風接口接得迅速，「這是每個人自己造就的命運，我看得到不代表我該插手。」

「插手或許可以減少損傷，可以救助許多人。」

惜風有點怔然，她定定的望著騎士，臉上一貫的笑容漸而消失，取而代之的一抹冷淡的笑意。

「你根本不是這種心態的人，冷眼旁觀也是你的座右銘，何必來教訓我？」她頭一撇，「世界上沒有能讓每個人都幸福的路，不是嗎？」

聞言，連米粒都差點站了起來。

「這裡太無趣了，我要走了。」惜風走向摩托車，對朋友吆喝：「我們走吧，去海邊走走。」

「我才不要咧，妳又要去撿石頭！我要回去睡覺啦！」

我心中明白，惜風不是腦子有問題的女孩，她是深藏不露的人。

回頭望向身邊的米粒跟站著的騎士，他們唇微張，幾乎是用一種震驚的態度目送著惜風遠去的機車背影。

「哈囉？」我忍不住開了口，「你們……」

「沒想到事隔這麼多年，竟然還聽見這樣的話……」米粒情緒有些激動，忽然緊握著我的手。

「那女孩妖氣很重，相當驚人。」騎士瞬間收斂了驚訝的表情，轉過頭來。「姓莫的，我先上去，你們快點到廟裡來。」

「好好好，姓賀的。」米粒嘴上這麼說，卻鬆懈下來，躺回椅子裡。

望著騎士騎車遠去，原來他朋友姓賀啊……有機會，他應該會跟我說關於朋友的事吧？我懸著微笑一語不發，只是緊緊被牽握著。

蜜月第五天，我們全身傷痕累累的在小琉球的山豬溝下，坐在椅子上乘風、曬太陽，吃著甜蜜的黑糖冰淇淋。

「這蜜月……還挺特別的。」我淡淡的說著，泛出了幸福的笑容。

「我真討厭旅遊。」米粒第一次，打從心底說出了怨言。

我們相視而笑，牽握著彼此的手，無論如何，我們都會攜手一起走下去。

看著膝上的報紙，曾若涵笑得很幸福的偎在母親身邊，希望如果有下一世，她也能繼續擁有這樣的笑容。

尾聲

女人收拾著簡單的衣物，她明天就要搬去找別的地方住。

把最後一件衣服塞進提袋裡後，不由得抬首看向在桌子上的照片；照片裡是她的寶貝女兒跟她的合照，那是若涵今年生日時照的，她還特地跟同學借數位相機回來拍，再去照相館洗出來。

女人不由得淚如雨下，她衝上前去把照片蓋上桌，她沒有資格看著那張照片！

她殺死了若涵！

她那時是真的不想活了！含辛茹苦的養大這個女兒，以第三者的身分活了這麼多年，他卻始終不肯跟老婆離婚，最近甚至擺明了告訴她，他絕對不可能跟老婆離婚的！

這叫她情何以堪？她等了他十幾年啊！

所以她決定死給他看，用怨念詛咒他自以為幸福美滿的家庭，讓女兒跟自己都穿上紅衣、寫下詛咒的遺書，她要化成厲鬼，讓他一輩子都不幸！

若涵……若涵是她生的，她給予生命就有權利拿回來，那男人這麼疼若涵，她打算奪去他喜愛的東西，所以要帶著若涵一起去死！

當初想著一個十三歲的女孩能怎麼辦？失去了母親又沒有父親，最後也是在兒福機構或是孤兒院輾轉，生活顛沛流離，一定很苦……人生已經太多苦難了，所以讓她帶著若涵一起走，反而比較快活。

但是當車子沉入海底時，她還是驚慌失措，海裡好陰暗，海水冰冷凍骨，當海水灌進肺部時的凍冽，她簡直無法承受。

那一瞬間，她知道自己不想死！她想活下去！

所以她打開車門，懦弱的一個人逃了出來……只留下可憐的女兒，在大海裡漂浮！她原本想叫人回去拉若涵上來的，但是她不見了，從敞開的車門漂出去了！

滴答。

咦？女人抹了抹淚水，遠處一聲滴答，引起了她的注意。

她狐疑的看向走廊盡頭的浴室，為什麼有滴答滴答的水聲？水龍頭剛沒關緊嗎？

她加快腳步走過去，卻發現整條走廊上……都是積水。

打開燈，浴室裡根本已經淹水了，滴答聲來自滿溢的浴缸，女人有些錯愕！

她沒有放水啊！浴缸裡怎麼會積水？趕緊彎身察看，水龍頭關得死緊，根本也沒有任何水流下，為什麼浴缸會滿出來？

她開始擔心自己傷心過度而恍神，會不會自己放了水卻忘記了？伸手進浴缸想把水放掉，卻赫然發現那水冰涼徹骨！

一個身影，忽然擋去了她頭頂的光線。

女人嚇了一跳，彎身的她瞧見水面上映著另一個人的人影……她該最熟悉的……

『媽媽，妳怎麼沒來陪我呢？』女兒的臉映在水面，微微笑著。『不是說好一起死的嗎？』

「不！」女人倉皇失措的回首，卻發現身後根本沒有人！

一雙手自浴缸裡竄了出來，緊緊扣住女人的頸子，狠狠的往浴缸裡拉。

「哇——噗嚕——」

女人瘋狂的掙扎著，水花濺得整間浴室都是，但是沒有人聽得見她的叫聲。

人們只知道這位媽媽再次自殺成功，這次選擇把自己淹死在浴缸裡，記者下了條標題，稱之為「死意堅決」。

解剖時，才有人發現進入肺部的水其實是海水。

※　※　※

「啊！」捷運上，一個女生瞟著隔壁上班族的報紙，輕叫了聲。

「怎麼了？」朋友狐疑的探頭偷瞄，是那則自殺獲救的母親二度自殺的新聞，昨天聽說生父終於出現在母女的靈堂上，報紙上刊登了被偷拍的生父照片。「那個母攜女自殺新聞喔！」

「是母親殺掉孩子，再被殺。」

「喔，也對啦！」朋友聳了聳肩，這也沒辦法。「那妳剛在啊什麼？惜風？」

「他面露死相了。」女孩勾起笑容，偷偷指了指報紙上的照片。

很快，就會一家團聚了。

番外・黑湖傳說

事。

「我真的看到了！」

隔壁桌的男人喝多了，說話的分貝也提高了，重重放下玻璃杯時，一臉煞有介事。

「不要聽他在亂說啦！」另一個男人擺擺手，「你三歲喔？還在童話故事！」

「你是不是喝多時過去的？拜託一下，不要喝酒後去釣魚好不好？」

一臉橫肉的壯碩男子認真的揮手，「誰跟你們唬爛，我就真的看到美人魚了！」

鄰桌一個斯斯文文的男人一愣，啥？美人魚？

坐在對面的女人也聽見了，看熱鬧般的笑了起來，實在是那個男的明明醉言醉語卻說得很認真，那模樣令人覺得有趣。

那邊一桌子幾個大男人笑得樂不可支，讓看見美人魚的男子更加不爽，一連喝了幾杯酒，愈聽笑聲愈不滿。

「我親眼看見的！你們有本事就跟我去，何必沒見著又說我胡說！」

「不……不是，阿宗啊，有些事情不必親眼所見也會覺得扯啊！」朋友們拍拍他的肩頭，「說個簡單的，我說我家有個吸血鬼在等我帶宵夜回去，你信嗎？」

阿宗瞪大眼睛，沒有思考他說的意思，只覺得自己被嘲諷！

「帶我去你家，親眼看一眼，我就信！」他還挺執拗的，「相對的你們跟我去釣魚，說不定那美人魚會再出現一次！」

「哈哈哈！」這般堅持真是令人玩味，有人想替他找台階了。「欸，我說，你是不是看到在游泳的美女啊？」

「哇喔，這個好喔！搞不好人家在裸泳，結果你跑去釣魚嚇到人了！」

講到裸泳，一桌子男人哦得不懷好意。

這邊的斯文男人扶扶圓框眼鏡，笑得尷尬，眼前的女人倒是不以為意，兩個人都很認真的聽著隔壁桌瘋言瘋語。

「話說回來，你到底是在哪裡釣魚？大晚上的釣什麼魚？」

「誰大晚上去？我沒喝酒，白天去的！」阿宗氣急敗壞的說著，「就是因為人清醒得很，見著了才驚訝啊！」

眾人面面相覷，這敢情是嗑了什麼嗎？

「你碰藥喔？」還有人直白的問了。

「你們不信就算了！反正我是真的見到了，才跟你們說！」阿宗盛怒的一飲而盡，就想起身離開。

一眾男人趕緊拉住他，開個玩笑也這麼生氣？人人嚷嚷的把他拉回位置上，趕緊換個態度。

「哪裡見到的？你乘船出去釣還是海釣？」

阿宗見大家似乎有點認真看待他的話了，深吸了一口氣。「我在黑湖看見的！」

咦？這下別說那桌一片寂靜了，連斯文男人的筷子都顫了一下，他的女伴吃驚的瞪圓雙眼，這片刻間熱炒店外頭所有桌子紛紛靜了下來，看來這醉漢之語不只他一桌在偷聽咧！

問題是，黑湖？

「你、你……」兄弟們連說話都結巴了，「你去黑湖釣什麼魚啊！」

「那裡不是很危險嗎？哪有魚啊！」

是啊，這一帶人人都知道黑湖，那是他們這兒的一個內陸湖，其實說穿了就是個巨大沼澤，泡在林子裡，下雨淹不起來，乾旱也涸不了，那附近長年有霧，陰森幽靜，就因為其獨特性，老一輩子的人說了一大堆黑湖傳說，搞得大家都不敢靠近。

而且只要到那附近就會覺得不大舒服，磁場不是很好，帶著寵物經過時，狗兒也會狂吠不止，所以大家其實都對那片地兒又敬又怕，沒幾個人敢接近。

「我就是之前看到，那裡每條魚又肥又大！」阿宗邊說，還比劃出一條比手臂還長的魚。「全是淡水魚，還沒什麼土味！」

一桌兄弟錯愕異常，有個人喉頭緊窒。「你、你還吃了？」

「吃了啊，就吳郭魚啊有什麼？」阿宗說得理所當然，「野生的魚，肉質鮮美、軟嫩無腥味，最重要的是滿湖都是！」

哇塞，真勇者啊！連快炒店小弟都在旁聽得瞠目結舌，有人不僅敢到黑湖去釣魚，釣上還敢煮著吃了？

「你吃多久了？吃完有出什麼事嗎？」

「拜託！我覺得那裡就是林子神秘了點，潮濕了些，畢竟是沼澤嘛！」阿宗一副他小題大作的樣子，「沼澤是怎麼形成的？裡面最多就是一些腐木枯葉，沼生植物，還能有什麼？」

「野獸？」

「我有防範，你們放心，我都挑白天去，輕手輕腳，搭木筏到裡頭釣魚！魚很多，一小時內就可以滿載而歸！」阿宗認真的推銷著，「改明兒個大家一起去，不過拜託別傳出去，我怕魚釣光就沒了！」

呃……阿宗想太多了！這事兒就算傳出去，應該也沒幾個勇者敢去吧？

「所以你還運船去啊？划到湖中央釣？見著了美人魚？」

「對對！」阿宗這才想起他重點放在美人魚呢！「前天的事，釣上了線不是會動嗎？我一拉上來，鉤是空的……然後一個巨大的魚尾從我面前啪的出現，還把我的船打退了一公尺遠！」

「多大？」斯文男子忍不住問了。

阿宗一怔，回過頭才發現桌桌都在引頸企盼他的故事，這讓他清醒許多，精神抖擻的準備好好說說自己的奇遇。

「就美人魚電影那大小，跟我們一樣，不過雙腳是魚尾。」他說得真切，「第一次我沒看清楚，第二次我看真切了，那魚鱗是真漂亮！」

「是綠色的嗎？」女人也好奇極了，腦海裡浮現動畫裡的小美人魚。

「不，是靛色的！」阿宗用了一個特殊的詞，「你說藍不是藍、紫不是紫，我中午去時啊，有薄霧有陽光，那光線透進，魚尾巴一揚起時，透著不同光澤，我還特地查了一下，那叫靛色！」

「……真有學問啊！」一桌子兄弟朋友，連靛色是什麼色其實都搞不太清楚。

「所以到底什麼色？」

「靛色，」斯文男的女伴解釋了，「靛藍色，為光譜中從波長 420 到 440 奈米的色彩，一般泛指介於藍色和藍紫色之間的顏色，大眾認知為紫色，但在不同光線下，會呈現不同的紫色感。」

哇……所有人哦了聲，講得好清楚喔，其他桌的人直接拿出手機查，果然出現了靛色相關的圖片。

「美術老師。」斯文男人介紹了自己的女伴。

「難怪……就是靛色！我也查過！」阿宗閉上眼，回憶著一切。「我一開始是嚇壞了，僵在船上不敢動啊……但過了一會兒，我看見一個女孩浮了上來！」

「咦──」所有人驚呼出聲，浮上來？「是、是屍體嗎？」

斯文男子嚇滑了手上的杯子，杯子倒上桌，女老師趕緊抽過衛生紙替他擦拭。

「抱歉！」他笑得尷尬。

「沒關係，真的很嚇人啊！」

「什麼屍體，我就說是美人魚了啊！」阿宗嚷嚷，「她攀著我的船浮出來，還朝我笑，尾巴就在身邊啪啦啪啦！」

所有人再度交換眼神，瞧阿宗說得這麼認真，真覺得他白日作夢。

「照片？」有人伸了手，「有圖有真相。」

「對對對！」

「真什麼相？你要看到美人魚還有時間拍照？我整個人都傻了！」阿宗邊說，再乾掉一杯，夥伴趕緊斟滿。「她笑完又潛進水裡，不一會兒就在我前方幾公尺的地方游來游去！我動都不敢動！」

「漂亮嗎？」總算有人問了關鍵字。

阿宗一愣，突然傻笑的點了點頭。「還真正！」

「喔喔喔！那個上半身……上半身……」大家激動的問著，阿宗跟著靦腆呵呵

「哎喲，就……正！」

「哇——」這下子，好像恐懼感少了些，興趣多了點，說不定等等一招呼，大家都想去看看美人魚了。

斯文男子搖了搖頭，忍不住回身拍拍阿宗。「不好意思，可以請問……那個美人魚有跟你說話嗎？」

「……沒有！」阿宗認真的搖頭，「她從頭到尾就露兩次面，我喊她她也不回應，

我又不敢拋竿，後來就先回到岸邊……結果，我快退出湖中央時，她拋了兩條魚給我！」

「說得跟真的一樣！」另一桌嚷嚷起來，「不然明天我們也去看看好了！」

「去啊！我沒騙人的！」阿宗拍著胸脯沒在怕，「那真的是美人魚！」

現場齊聲起鬨，真的有人想要去一探究竟了。

「所以你說的是湖水裡的美人魚啊……這可真詭異了。」斯文男子幽幽出聲，「那是片死水沼澤，她是從哪裡來的？莫名其妙從裡面蹦出來的？」

「該不會是什麼精怪吧？」果然有人提出另一種版本的美人魚，「說不定就是誘惑你，看你會不會想下水跟她一起游，然後等等變成可怕的食人魚模樣，一口吞了你！」

身邊朋友一掌往他的頭拍去，「啊你是恐怖片看太多喔？」

「幹！他都看見美人魚了，變種的也有可能存在啊！」

「喂，那個朋友，美人魚長怎樣啊？」

「她真的挺美的，不是長頭髮喔，是短頭髮，只到肩膀，全黑的頭髮，耳朵上有個珍珠耳環。」阿宗如實的描述著，「笑起來很甜，身材很好！」

哇……怎麼描述得這麼清楚，好像他真的看見了耶！

朋友對他的話將信將疑，但他實在說得很清楚，大家開始討論是不是明天去黑湖一探究竟。

「你會不會是見鬼了？」

某桌一位中年女人回頭，表情木然的問，這個問題再度讓現場陷入另一片訝異中。

「那裡莫名其妙的怎會有鬼？」斯文男搖了搖頭，「我倒覺得可能是幻覺，那片沼澤有許多特殊植物，這位阿宗先生說不定是吸到了花粉。」

「亡者到處都是，差別只是看得到與看不到而已。」中年女子繼續說著，「那裡本來就不平靜，動物最是敏感，為什麼狗都會狂吠，因為牠們知道那邊有問題。」

敢情這桌客人是先知或是陰陽眼嗎？

「其實我阿公也說黑湖絕對不能去，那裡很邪門！」某桌也出聲了，「有可能是阿飄、也有可能是精怪吧？總之我勸這位大哥不要再去那邊釣魚了，而且魚還吃下去……」

唉，斯文男跟著起了身。「我是生物老師，那裡的水質我做過研究，的確有污染，建議魚不要吃比較好！」

咦咦？阿宗聞言突然刷白臉色，「毒……毒……」

「並非很毒，你也沒吃幾條，但不要再吃了！」斯文男子嚴肅的說道。

阿宗臉色一白，一陣乾嘔湧起，連忙放下杯子衝進廁所狂吐！

「哎喲，我平常都不知道阿宗膽子這麼大，敢去黑湖釣魚就算了，還吃下去！」好兄弟不可思議的搖著頭，「欸，你們覺得美人魚的事是真的假的？」

一群人呆呆望著他，不知道該點頭還是搖頭，說是編的，但細節未免也太清楚了吧？說是假的，阿宗編這謊話要做什麼？

「可能是著了什麼迷障吧！」剛剛那中年女人繼續開口，「建議大家還是不要靠近那邊比較好，不乾淨。」

唷……這女人說著說著就讓大家起雞皮疙瘩，平時對黑湖本就又敬又怕了，現在又來這齣，誰受得了啊！

因為阿宗去吐了，熱鬧便跟著散了，各桌恢復各聊各的，但話題倒是不離黑湖。

「你去採水質也好幾次了，沒有豔遇喔？」女老師笑問著生物老師。

他笑得有點僵硬，「說什麼咧，這能叫豔遇啊？萬一是毒物，或是會導致幻覺的花粉，我不小心跌進去就完了。」

「所以那邊的植物真的有毒嗎？」女老師很是好奇。

「嗯……看得見的倒是沒有。」生物老師回憶著，「其實都是一般沼生植物，但妳知道黑湖很大，我們只能接觸到一角，其他地方就不知道了。」

「美人魚……」女老師若有所思，「我真想看她那靛色的尾巴。」

想像在水的反射與陽光照耀下，能有多麼的美呢？

「別想了，那裡真的不該去。」生物老師舉杯向她，「像剛剛那個女士說的，不乾淨。」

「我也只是想想，我才不敢去。」她舉杯，與之互碰。

不一會兒美人魚桌的男人回來後也改了話題，他吐得不太舒服，沒吃兩口也就回家睡了。

※　※　※

熱炒店一聊，美人魚的消息即刻甚囂塵上。

鎮上所有人都在討論黑湖跟那謎樣的美人魚，許多不怕死的都冒險過去，想一睹其風采，不過多數人只敢在岸邊張望，由於是沼澤地，岸邊許多看似地面處，其實都是落葉爛泥，一堆人還沒接近水就陷入爛泥中，把自己嚇得魂飛魄散。

大家也才知道，阿宗真是太有勇氣了，他是用卡車載著自己的小船進去釣魚的！

「記者都在報導了耶！」食堂中，老師們都聚在一起看著新聞報導，站在黑湖樹林外報導這件事。

但就算記者，也沒敢划船到湖面上去。

「幾間廟都告誡大家不許去，說那邊最近因為大家打擾，陰氣森森！」某老師嘆氣，「我又不敢跟學生說，我覺得跟學生講不行，他們愈會要去的！」

「你有沒有說都沒差，我已經聽到有人假日要組隊去了，誰阻止得了？」另一位女老師根本無可奈何。

「欸……你們說真的有美人魚嗎？」攝影社的老師一直很關注這則新聞，想也知道他就是想拍照。

門陡然被推開，走進看起來很煩躁的教務主任，一進來看見新聞裡播報的畫面，更加不耐煩了。

「別看了！嫌事情還不夠多啊！」教務主任搶過遙控器關掉電視，「下個月的校慶準備得怎麼樣了？逃家的學生家長每天還到學校鬧，還有這個、這裡絕對要禁止學生去！」

老師們悻悻然的回到位子，「能禁止嗎？」

「不管！該做的就是要做，我們有說過就是責任已了，放學後出事就不怪學校了！」主任真的是非常煩躁，「什麼美人魚……哪個混帳傳出來的！」

生物老師翻著手裡的卷宗好一會兒，終於還是站了起來。

「要不要公布我的水質檢測？順便再說那邊疑似有有毒植物，或許可以嚇阻學生過去。」他走向教務主任，將報告擱上他的桌子。「我覺得這比講傳說來得有效！」

教務主任詫異的看著他，再拿過報告。「已經檢測出來了嗎？啊啊……這個好！這個好，黃老師，這可幫了大忙了！」

「水真的有毒啊？那有幻覺似乎也不意外啦！」其他老師紛紛討論起來，「黃老師，是重金屬嗎？」

「我認為是某些植物根部釋放的神經毒，直接入水，所以也猜測應該有植物具有毒素，所以見到美人魚的人說不定是被此影響的。」黃老師說得頭頭是道，「直接標明裡頭疑似有毒水、毒植物，家長就會禁止孩子去了，大家都惜命，我想也會留意吧？」

「對對對！」老師們深表贊同，因為用精怪跟鬼刀理由，有的人就硬要去冒險，可說「有毒」就不一樣了。

教務主任主動跟警方聯繫，黑湖既有傳說又有毒物的事情，一下午便傳開來，警方甚至拉起了封鎖線，不讓民眾進去；但進去過的人直說是無稽之談，他們進去過了怎麼什麼事都沒有？

於是阿宗先生便出現在鏡頭前，大談特談他吃了幾條魚的事，身體其實都沒什麼感覺，他一再強調，那不是幻覺，是真正的美人魚。

接著，他跟媒體合作，出示了他看見的美人魚畫像，結果爆笑的像是小學生作畫，他的所見所聞瞬間被大家當成笑話。

放學後，老師們再三勸導學生不得去黑湖後，也陸續回家，一路上學生都很開心的跟黃老師等人道別，他們倒是低著頭繞過穿堂，準備從旁邊的走廊離開；大家之所以閃躲，是因為穿堂那兒有一堆記者在拍攝，教務主任正水深火熱，有逃家的學生家長正在那邊大鬧，美人魚的事完全沒有影響到他們。

「又是逃家的學生家長嗎？」美術老師蹙著眉，「自己的孩子沒管好，卻來找學校要人不是很奇怪嗎？」

「現在家長不都這樣，負責生跟給錢，教育都不管，全推給學校跟老師就好。」黃老師淡淡的看著爭執中的他們，「從家裡溜出去，跟網友見面，也要怪給學校？」

「不會養真的不要生。」美術老師嘟囔著，她教學也教得很疲憊啊。

「不說不愉快的了！明天我帶妳去郊外好不好？我們去露營？」黃老師提出邀約。

美術老師愉快的點點頭，「我該準備什麼呢？我沒露營過。」

「都不必，我準備就好！」黃老師客氣的說道，「我挑了好營地，大部分物品都會備妥的那種懶人露營！」

「哇，謝謝！你做事真的很令人放心！那我帶點麵包零食吧？」

「沒問題！啊……」黃老師想到什麼似的，「那片營地旁有乾淨的湖水，可以下去游泳喔！」

※　※　※

夜半三更，未開大燈的車子悄無聲息的停到封鎖線外。

男人獨自下了車，到後車廂揹了袋東西，左顧右盼，隨後揭開封鎖線便走了進去。

肩頭擦過樹枝，樹枝掠過了路邊的牌子——黑湖。

打開手電筒，謹慎的一路踩著爛葉走入，四周煙霧瀰漫，深夜的森林裡，不管是不是黑湖，都給人陰森詭譎的感受。

嘴裡吐出白氣，這外頭是三十度的夜晚，裡頭卻硬是能吐出寒冷白煙，以氣候來論也真是奇特了。

「真的是找我麻煩！」男人低咒著，逼近岸邊後，停了下來，往右望去，燈光照耀的草叢遠方，舉步跨去：一、二、三、四……十七步，他停了下來，在手電筒照耀下，眼前是一堆水草，但蹲下身一撥開，這兒可不是地面，而是一深潭。

「美人魚啊……」他伸手往水裡伸，「藥吃多了腦就殘！出現幻覺可搞死我了！」

嗯？他再彎身往下，手在冰冷的湖水裡轉了半天，怎麼沒撈到他放在這兒的袋子？慌張的手電筒朝裡照，東西呢？

啪！左手邊那片黑湖裡，突然出現了啪噠聲！

「誰！」他激動的倏而站起，看見那該是平靜的湖面，明顯漣漪陣陣，剛剛有東西驚擾了湖面！

魚嗎？那啪噠聲不小啊！聽起來是很多條魚的感覺……手電筒在偌大的湖面上梭巡，所到之處盡是幽暗、樹木、柳枝、蘆葦……啪！

聲音來自沒照到的黑暗處，他情急的掃過去，捕捉到了最後一秒——魚尾！

天哪！他有點吃驚，那種大小的尾鰭，難道真是……「誰在那裡？」

半夜誰敢到黑湖裡來裸泳，這太可怕了吧！

水聲清晰，那是有人在游動的聲音，他的燈光追尋著，終於見到那深黑的魚尾在湖面中出現、再潛入，接著是窈窕的身影在水裡若隱若現，只是受驚般的離他遠去，直到躲到了一棵湖邊的大樹。

「我一定是瘋了！真的是美人魚？」他的手電筒不移開半寸，就對著那棵樹。

「誰！出來！」

樹後的頭探出，猶抱琵琶半遮面。

燈光照耀在那雙眼靈動女孩臉上，男人心裡忍不住驚呼，該死的居然真的有人！

他循著原路回去，因為女孩在十點鐘方向較遠的地方，隨著他逼近，益加瑟縮。

「妳是誰？」他平心靜氣的問著，儘管現在這裡極為陰森，但依舊不影響他。

女孩縮到樹後去，但她身後浮現的魚尾拍擊著湖面，這讓男人詫異非常，他真沒想到，那個醉漢說的是真的！

「妳不要怕！我不是壞人！」男子這麼說著，瞥見了在蘆葦叢中的一只小木筏。

咦咦！他驚訝的撥開草叢，甚至連船體都被刻意覆蓋著蘆葦草，這是刻意藏在這兒的吧？他想起了那醉漢所言，敢情他沒把船帶走，而是藏起來了？

綻開笑容，真是得來全不費功夫！

將蘆葦草全數扔到一旁，他大膽的推著船入湖心，人再跳上去，船裡明顯有保冷箱跟釣具，看來真的是那位阿宗兄的了！

如果這真的是美人魚，如果他能帶回去的話……哇喔，男人想得美好，他找到的就該歸他吧？是不是能用這隻人魚發筆橫財？

移船近前，女孩嚇得潛進了水裡，幾秒後水花聲從他船尾發出，男人飛快的轉身，只見曼妙的身影躍出水面，再撲通的跳進水裡。

真的是美人魚！他難掩興奮之情，貨真價實！

女孩一如醉漢所言，繞著他船邊游，他拿著手機抓準機會想拍照，但是女孩看上去既好奇又恐懼，時不時冒出水面、一下又躲藏，當船尾一沉一晃時，表示她就攀在船尾偷瞄，所以男人抓緊時間立刻朝船尾拍照。

結果閃光燈瞬間照亮了林子，把美人魚嚇得不輕，啪的直接潛進水裡。

只是男子一怔，在閃光燈亮起的瞬間，為什麼他發現這樹林裡……似乎不只是他與美人魚而已？

剛剛有一堆東西一閃而過！男子凝起眉蹲下身子，一堆傳說此時冒上心頭，黑湖中所有不祥傳聞都在腦海裡播放了！

他催眠著自己，平心靜氣，但還是決定速戰速決，趕緊離開這兒！從懷裡掏出零食，這原本是他預備對付可能有的林間野獸用的，結果現在拿來釣魚了。

「好吃的餅乾喔！」他打開包裝，往嘴裡塞了一口，發出清脆的聲音。

接著撒一點在船上發出聲響，再扔幾塊在湖裡，才扔出去，瞬間就被吞掉了，再扔一塊，又很快被吃掉，他揚起微笑。

最後，他把零食放在船尾，人蹲在船隻中間，手電筒放在地面，不打算再嚇到美人。

一隻手飛快攀上船緣，拿走了零食，纖細的雙手抱著船緣，偷偷的從尾巴瞄向船裡的人。

「妳會說話嗎？妳有名字嗎？」男子輕柔的問著，他的嗓音極富磁性，相當好聽。

他再倒了零食，這次故意倒得進來些，想迫使美人魚現身。

船陡然左右一震，男人緊張的伸手扶住船邊，再正首時，卻瞧見了美麗的景色。

擱在船底的手電筒餘光，照耀出纖細婀娜的身影，女孩已經坐在船緣，裸露的背部光滑水嫩，剛倒在船裡的零食已消失，她就放在手上，拋在空中以嘴接住，動作性感撩人。

最絕的是她下半身那擺盪的魚尾，就勾著船尾，在燈光照耀下，真的是靛色的啊！

「我還有更多喔！」他搖著零食袋，「妳想不想吃？」

只是他一有動作，美人魚即刻受驚般的重新躍入湖裡，但這次她沒有避而遠走，而是逼近他的小船，浮出水面的一雙眼睛，好奇的打探著他。

男子將餅乾擱在掌心，他鼓起勇氣，大膽的彎身趨前，遞出了零食，美人魚猶豫著，但還是伸出手，戰戰兢兢的接過了餅乾。

「喜歡嗎？我家有很多！」他輕敲敲了船，「上來好嗎？」

他溫和笑著，只要她上來，右手的槳就能瞬間把她敲暈。

女孩終於浮出了水面，雙手攀著船緣，如同醉漢所述，她不若傳聞中有著一頭長髮，而是短及肩的黑髮，胡亂覆蓋了臉。

她湊近船邊，好奇的往船裡望，男子彎身瞅著她，再度敲敲船體。「上來吧？妳叫什麼？」

水珠從美人魚髮上不停滴落，她終於輕撩開了頭髮，抹了抹臉上水珠。

巧笑倩兮，甜美的女孩微笑著，雙手瞬間攬住了他的頸子！男人臉色刷白，雙掌抵住船緣使勁的就要退開！

「老師，你不是都叫我寶貝嗎？」

女孩的笑一路咧到嘴角，臉型朝前變尖，眼皮一秒褪去成了凸出的魚眼，在眨眼間化作尖齒的食人魚巨頭，唰啦的拖著男人落進了湖裡！

「哇——放——噗嚕！放開——」

男人伸手出湖面，但人魚扯著他往湖底游去，那條巨型尾鰭跟著在水面上啪噠啪噠……啪噠啪噠……

漣漪漸歇，掙扎不再，平靜的湖面上除了那艘漂移的木船外，再也沒有任何東西。

而黑湖邊的樹木後，紛紛探出了黑影，形體各異，唯一相同的是那閃閃發光的眼神，帶著點笑意，彷彿剛剛看了一場好戲。

※　※　※

天還沒亮，濃霧罩路之際，阿宗一大早就驅車來到了黑湖邊，幸好他開得慢，否則就撞上了停在外頭的車輛。

他下車後探看了車內，駕駛不在、鑰匙也不在，所以他逕自停在該車的後面，閃著黃燈還擺上三角錐，就怕有人視線不清，追尾撞上來。

昨晚他作了一個關於黑湖的惡夢，搞得他不安的立刻過來，瞧見外頭這輛車時就覺得不妙，等到走入時，就看見自己的船竟漂在湖面上……他深吸了一口氣，拉著繩子把船拖回來，在船裡發現光線微弱的手電筒，還有一支遺落的手機。

在這小徑旁還有一個防水袋，以及……一把鋸子跟許多垃圾袋。

拾起船裡的手機，按開電源，畫面停在了一張照片上，照片相當模糊，是開閃光燈照的，什麼都看不清楚，但隱約卻可以看見一個遮住臉的女孩。

以及她背後那無數個人影。

阿宗拿出手機，立即報警。「喂，警察嗎？我在黑湖這邊，我覺得昨天有人過來惹事，可能掉下去了！」

※ ※ ※

簡單的打撈作業只花了一個下午，警方便在鬼氣森森的黑湖裡撈出了至少十具屍體，幾乎每一具都用同樣的防水帆布袋子裝妥，綁以重物，沉在黑湖底，每一具幾乎都已腐爛，甚至有的已經化為白骨。

而唯一沒腐敗的，是黃姓生物老師的屍體，外頭的車是他的，他應該是前一晚才溺斃，但撈上來時，他的身體卻已經被魚啃得千瘡百孔，尤其是胸膛竟被硬生生咬開一個洞，心臟被吃得連主動脈都沒瞧見。

此外，他的男性生殖器官，也被吃得一乾二淨。

他的身上纏著另一具女性屍體，腐爛嚴重，黑色短髮女性，身穿靛紫色的外套，經過齒模鑑定，確定是一個月前失蹤的女學生小雪。

再半個月，警方詳查了湖底的屍體，全都是這幾年失蹤的女學生，從國中到大學均有，幾乎都被視為逃家，因為她們的共同點是家庭關係不佳、沉迷網路交友，也都在失蹤前與網友相約出門，沒再回來。

最早的失蹤者是十年前的學生，而這些失蹤者身上的物品，都在黃老師床底下的收藏盒被找到。

盒子是簡易的帶鎖保險箱，裡頭放了許多不相干的物品，有飾品、手機吊飾、髮夾，甚至有貼有名字的筆，這些都是這些死亡少女的物品。

因此警方懷疑，所有的失蹤少女都是黃老師所為！

雖然很令人震驚，因為黃姓老師是個非常受學生歡迎的老師，長相斯文、待人溫和，雖是瘦小了些，但是大家眼中的好老師，黑湖的水質也是他檢測出來的。

這一發現讓大家震驚萬分，再繼續追查，也發現了最新失蹤者小雪的男網友，確定就是黃老師！尤有甚者，許多女學生一個接一個的自爆，黃老師與她們私下的聊天頗為曖昧，有許多女孩甚至認為老師是喜歡她們的。

「聽說了嗎？真是知人知面不知心喔！一個老師居然幹出這種事！」

又是夜晚的快炒店，再度高朋滿座，每一桌都在討論同樣的話題，今天警方公布黑湖連環殺人案正式破案，所有失蹤女孩都是黃老師殺的，最新的死者小雪是被勒斃的，頸骨明顯被掐斷。

其他女學生也是一樣的死法，因為屍袋裡都有勒斃她們的繩索，每一名女學生都是黃老師的玩物，每一位都是青春美麗的女孩，他抓準了她們尋求被愛護的弱點下手，承諾了愛與未來，但女孩藏在他家幾乎不超過一星期，就會死於非命。

而她們青春的影像，都被黃老師錄了下來，不管是激情或是被勒死的片段，黃老師似乎只享受那種大魚上鉤的瞬間，一旦上鉤後就沒有意思了。

所以女孩們被藏著進入夢中情人家的門，再次出現時就已經是具屍體了。

身為現任女友的美術老師完全不敢相信，他們交往三年有餘，她只覺得黃老師是個老實可靠的男人，萬萬沒想到他竟是這種變態。

所謂的檢測黑湖水質，只怕是他拿來棄屍的障眼法吧。

「什麼黑湖有毒，他就是怕大家去找，才公布有毒的檔案啦！」兄弟往身邊的男人拍了一下，「阿宗！真的多虧你了！你那個美人魚喔，嚇得他怕大家去找啦！」

「就是就是！所以他一定是心虛，才半夜跑去看，然後就掉下去了吧！」

「可是啊……」有人搓了搓手臂，「聽說那個女孩子的屍體跟他纏在一起！」緊緊抱著心愛的男人，法醫費了番功夫才將兩具屍體分開。

「我看到的啊，就是她！」阿宗幾杯啤酒下肚，斬釘截鐵的說，「就是美人魚啊！」

「說不定就是那個年輕女孩死於非命，所以黑湖讓她化成美人魚，等著找渣男報仇！」果然有人推斷了這個可能，「先讓別人看見，再讓消息傳開……」

在場人們紛紛點頭稱是，開什麼玩笑，那可是黑湖啊，那是不可靠近的禁忌存在，有著許多精怪傳說的地方，有膽子沉十具屍體下去，就要有膽子承受誰變成了美人魚回來找他啊！

阿宗逕自又倒了杯酒，盯著杯中物。

他是真的看到美人魚了！

因為好奇去黑湖釣魚，不敢靠近的他俗辣的站在岸邊，想換位置時腳陷入了爛泥，半身沒入蘆葦叢中，正在掙扎之際，看見一個扛著大袋子，鬼鬼祟祟的男人！

他原本要大喊，卻驚見袋口散出的幾綹黑髮，瞬間噤聲，讓自己躲進蘆葦叢中，男人敏銳的聽到有聲響回頭時，黑湖裡突然集體躍起的魚兒們導致他分心。

那男人往前行，阿宗看著他停下的地方，接著當他走回後，袋子已經消失；原本他想立刻爬起來的，但爛泥卻緊緊纏住他的身體，他完全動彈不得，像有人緊緊抓著他一樣。

想喊救命又不敢，因為他不確定那個鬼祟男人離開了沒，而就在這時，剛剛那名男人竟真的再度折返，還朝他的方向過來，同時間他明顯的被一股力量再往泥裡拖去！

這一次，他只剩鼻子以上露在外頭，但蘆葦叢紮實的掩蓋住他的蹤跡，避開了折返觀察的男人；心臟都要跳出喉頭，他完全不敢起身，但在某個瞬間，他清楚的感覺到被爛泥「推」出來時，他就知道自己安全了。

這一切詭異得讓他全身發寒，他看著平靜的黑湖，雖然只想狂奔而去，但不能忽略這些異象，他認為有問題，也覺得是黑湖救了他！

他最終走向那鬼祟男人停留的地方。

他找到了那被刻意掩蓋的洞穴，這深洞小潭連接著黑湖，伸手入內，立即就摸到了那只袋子，看著被重新收拾過的袋口，他還是鼓起勇氣打開來——一打開袋子，就對上一雙血紅的大眼。

女孩頸子被折斷，死不瞑目的看著天空。

他嚇得鬆開手，袋子旋即沉入，腳軟的他連起身都困難，踉踉蹌蹌的要奔出黑湖之際，湖上傳來了水聲。

他回首，看見美人魚從水裡躍出，以優美之姿入湖，然後婀娜的浮出水面。是袋子裡那個女孩。

她輕易游了過來，直勾勾盯著他的眼，

『請把我在這裡的事傳出去。』她嬌俏的笑了起來，『我是，美人魚。』

阿宗大口的灌入酒，滿足的劃上微笑。

「沒錯喔，我看見的就是美人魚！」

後記

二〇二〇年末，《異遊鬼簿》第一部終於出完了。

記得好像昨天春天出版才說願意將過去的舊作重新出版，怎麼一轉眼第一部已經要出完了？

我也記得當時在寫重新出版文時，覺得漫漫長路，《小美》系列七本、《禁忌》系列六本，《異遊鬼簿》第一部七本、第二部六本、第三部三本，加總起來二十九本，當時許多人問《異遊鬼簿》何時會重出，我完全無法回答，天曉得這麼多本要到何時？

恍若隔世，第一部出完了，轉眼間，只剩九本，重新出版就齊全了。

這一本《人魚》是外傳，那一年因為工作緣故到小琉球去探訪，當時大鵬灣管理處為了要推廣小琉球的觀光，所以舉辦許多活動，我是跟著觀光局相關單位前去，回來書寫與小琉球景點有關的人魚。

那時的小琉球，整座島上只有一間飲料店：清心福全；夜半路上是沒燈的，連民宿燈都全關的幽暗；晚上想吃宵夜得到半山腰的練歌坊，小琉球香腸好美味，而花瓶岩乾淨無人，拍了良久只有一個騎摩托車載著叭噗的阿伯來問我們要不要吃冰而已。

所有大家耳熟能詳的景點，別說人了，連店都沒幾間，但是風景宜人，乾淨舒服。所以當有朋友在數年後跟我說，她從小琉球要搭船回東港排了五小時，我真的是驚呆了。

翻找資料，原來我上次去也是十年前的事了！這十年小琉球的觀光推廣得相當好啊，我相信現在應該不只有一間飲料店了！

但看著大家拍回來的照片，我還真沒有舊地重返的衝動。因為我記憶中的花瓶岩旁，沒有任何垃圾，只有她自己，孤傲的矗立在那兒。我喜歡的景點是少人且空曠靜謐的，人山人海的地方就再說了。

新篇番外寫了一個貨真價實的美人魚，人正身材好又婀娜，只是有沒有那個福分消受，就看人品了。

笭菁

異遊鬼簿外傳

人魚

等菁 42

作者　等菁
封面繪圖　Cash
美術設計　三石設計
總編輯　莊宜勳
主編　鍾靈
編輯　黃郁潔

出版者　春天出版國際文化有限公司
地址　台北市忠孝東路四段303號4樓之1
電話　02-7733-4070
傳真　02-7733-4069
E-mail　frank.spring@msa.hinet.net
網址　http://www.bookspring.com.tw
部落格　http://blog.pixnet.net/bookspring
郵政帳號　19705538
戶名　春天出版國際文化有限公司
法律顧問　蕭顯忠律師事務所
出版日期　二〇二〇年十一月初版
定價　240元

總經銷　楨德圖書事業有限公司
地址　新北市新店區中興路二段196號8樓
電話　02-8919-3186
傳真　02-8914-5524

國家圖書館出版品預行編目資料

異遊鬼簿：人魚 / 等菁作．--初版．--臺北市：
春天出版國際, 2020.11
面；　公分
ISBN 978-957-741-307-9 (平裝)

863.57　　109017853

ISBN 978-957-741-307-9
Printed in Taiwan